金瓶梅詞話

萬曆本

十八

第八十二回　陳敬濟美一得雙

潘金蓮熱心冷面

第八十二回

潘金蓮月夜偷期　陳經濟畫樓雙美

記得書齋作會時　雲踪雨跡少人知
曉來鸞鳳栖雙枕　剔盡銀燈半吐輝
思往事　夢魂迷　今宵喜得効于飛
顛鸞倒鳳無窮樂　從此雙雙永不離

話說潘金蓮與陳經濟。自從西門慶孝堂。在廂房裡得手之後。兩箇人嚐着甜頭兒。日逐白日偷寒。黃昏送煖。或倚肩嘲笑。或並坐調情。掐打揪撏。通無忌憚。或有人跟前。不得說話。將心事寫成。搓在紙條兒內。丟在地下。你有話傳與我。我有話傳與你。一日四月天氣。潘金蓮將自已袖的一方銀絲汗巾兒。褁着一箇玉色紗挑線香袋兒。裡面裝安息排草。玫瑰花瓣兒。并一縷頭髮。又着些松栢兒一面挑着松栢長青。一面是人如花面。八字封的停當。要與經濟。不想經濟不在廂房內。遂打牕眼内投進去。後經濟開門進入房中。看見彌封甚厚。打開却是汗巾香袋兒。帋上寫一詞。名寄生草。

將奴這銀絲帕。并香囊寄與他。當中結下青絲髮。松栢兒要你常牽掛。淚珠兒滴寫相思話。夜深燈照的奴影兒孤。休負了夜深潛等荼蘼架。

這經濟見詞上許他在荼蘼架下。等候私會佳期。隨即封了一柄金湘妃竹扇兒。亦寫一詞在上面荅他。袖入花園内。不想月娘正在金蓮房中坐着。這經濟三不知。恰進角門就叫可意人。

在家不在。這金蓮聽見是他語音。恐怕月娘聽見決撒了。連忙走出來。掀起簾子。看見是他。佯做擺手兒。說我道是誰來。原來是陳姐夫來尋大姐。大姐剛纔在這裡。和他們往花園亭子上。摘花兒去了。這經濟見有月娘在房裡。就把物事暗暗遞與婦人袖了。他就出去了。月娘便問。陳姐夫來做甚麼。金蓮道他來尋大姐。我回他在花園中去了。以此瞞過月娘。不久月娘起身回後邊去了。金蓮向袖中取出物事。拆開。却是湘妃竹白紗扇兒一把。上畫一種青蒲。半溪流水。有水仙子。一首爲証

紫竹白紗甚逍遥。緑青蒲巧製成。金鉸銀錢十分妙。妙人兒堪用着。遮炎天少把風招。有人處常常袖着。無人處慢慢輕搖。休教那俗人見偷了。

婦人一見其詞。到于晚夕月上時。早把春梅秋菊兩箇丫頭。打發些酒與他吃。關在那邊炕屋睡。然後他便在房中。綠牕半啓。絳燭高燒。收拾床鋪衾枕。薰香澡牝。獨立木香棚下。專等經濟今晚來赴佳期。却說西門大姐。那日被月娘請去後邊。聽王姑子宣卷去了。止有元宵兒在屋裡。經濟已與了他一方手帕。安付他看守房中。我在你五娘那邊。請我下棋去。等大姑娘進來。你快叫我去。那元宵兒應諾了。這經濟得手走來花園中。那花篩月影。參差掩映。走在荼蘼架下。遠遠望見婦人摘去冠兒。半挽烏雲。上着藕絲衫。下着翠紋裙。脚襯凌波羅襪。從木香棚下來。這經濟猛然從荼蘼架下突出。雙手把婦人抱住。把婦人諕了一跳。說呸小短命。猛可鑽出來。諕了我一跳。早是我。你摟便將就罷了。若是別人。你也恁大膽摟起來。經濟吃的半酣兒笑道。早知摟了你。就錯摟了紅娘。也是沒奈何。兩箇于是相摟相抱。攜手進入。房中。房中熒煌煌掌着燈燭。卓上設着酒餚一面頂了角門。並肩而坐飲酒。婦人便問你來大姐知不知。經濟道。大姐後邊聽宣卷去了。我安付下元宵兒有事來這裡叫我。只說在這裡下棋哩。說畢。兩箇權笑做一處。飲酒多時。常言風流茶說合。酒是色媒人。不覺竹葉穿心。桃花上臉。一箇嘴兒相親。一箇腮兒厮揾。罩了燈上床交接。婦人摟抱經濟。經濟亦揣換着婦人。婦人唱六娘子。

入門來將奴摟抱在懷。奴把錦被兒伸開。俏冤家頑的十分恠。嗏。將奴脚兒擡。脚兒擡。操亂了烏雲鬏髻兒歪。

經濟亦占回前詞一首。

兩意相投情掛牽。休要閃的人孤眠。山盟海誓說千遍。殘情上放着天。放着天。你又青春咱少年。

兩人雲雨纔畢。只聽得元宵叫門。說大姑娘進房中來了。這經濟慌的穿衣出門去了。正是狂蜂浪蝶有時見。飛入梨花無處尋。原來潘金蓮那邊。三間樓上。中間供養佛像。兩邊稍間堆放生藥香料。兩箇自此以後。情沾肺腑。意密如膠。無日不相會做一處。一日也是合當有事。潘金蓮早辰梳粧打扮。走來樓上觀音菩薩前燒香。不想陳經濟正拏鑰匙上樓。開庫房間。拏藥材香料。撞遇在一處。這婦人且不燒香。見樓上無人。兩箇摟抱着親嘴咂舌。一箇叫親親五娘。一箇呼心肝性命。說趂無人咱在這裡幹了罷。一面解退衣褲。就在一張春櫈上。雙鳧飛肩。靈根半入。不勝綢繆。有生藥名。水仙子為証。

當歸半夏紫紅石。可意檳榔招做女婿。浪蕩根插入蓽麻內。毋丁香左右偎。大麻花一陣昏迷。白水銀撲簇簇下。紅娘子心內喜。快活殺兩片陳皮。

當初沒巧不成話。兩箇正幹得好。不防春梅正上樓來。拿盒子取茶葉。看見兩箇湊手腳不迭。都吃了一驚。春梅恐怕羞了他。連忙倒退回身子。走下胡梯。慌的經濟兜小衣不迭。婦人正穿裙子。婦人便叫春梅。我的好姐姐。你上來我和你說話。那春梅於是走上樓來。金蓮道。我的好姐姐。你姐夫不是別人。我今教你知道了罷。俺兩箇情孚意合。拆散不開。你千萬休對人說。只放在你心裡。春梅便說。好娘說那裡話。奴伏侍娘這幾年。豈不知娘心腹。肯對人說。婦人道。你若肯遮盖俺們。趂你姐夫在這裡。你也過來和你姐夫睡一睡。我方信你。你若不肯。只是不可憐見俺每了。那春梅把臉羞的一紅一白。只得依他卸下湘裙解開裙帶。仰在櫈上。儘着這小夥兒受用。有這等事。正是明珠兩顆皆無價。可奈檀郎盡得鑽。有紅繡鞋爲証。

假認做女婿親厚。往來和丈母歪偷。人情裡包藏鬼胡油。明講做兒女禮。暗結下燕鶯儔。他兩箇見今有。

當下經濟要了春梅。拏茶葉出去了。潘金蓮便與春梅打成一家。與這小夥兒暗約偷期。非止一日。只背着秋菊。婦人偏聽春梅說話。衣服首飾。揀心愛者與之。託爲心腹。六月初一日。金蓮

娘潘姥姥老病沒了。有人來說。吳月娘買一張插桌。三牲冥紙
教金蓮坐轎子。往門外探喪祭祀。去了一遭回來。到次日卻說
六月初三日。金蓮起來的早。在月娘房裡坐着。說了半日話出
來。走在大廳院子裡墻根下。急了溺尿。正撩起裙子。蹲踞溺尿
原來西門慶死了。沒人客來往。等閒大廳儀門。只是關閉不開。
經濟在東廂房住。纔起來。忽聽見有人在墻根石榴花樹下。溺
的尿刷刷的響。悄悄向窗眼裡張看。卻不想是他。便道。是那箇
撒野在這裡溺尿。撩起衣服。看濺濕了裙子了。這婦人連忙繫
上裙子。走到窗下問道。原來你在屋裡。這咱纔起來。好自在。大
姐沒在房裡麼。經濟道。在後邊。幾時出來。昨夜三更纔睡。大娘
後邊拉住我聽宣紅羅寶卷。與他聽坐到那咱晚。險些兒沒把

腰累癱瘓了。今日白扒不起來。金蓮道。賊牢成的。就休搗謊哄
我。昨日我不在家。你幾時在上房內。聽宣卷來。丫鬟說你。昨日
在孟三兒屋裡吃飯來。經濟道。早是大姐看着。俺們都在上房
內。幾時在他屋裡去來。說着。這小夥兒貼在炕上。把那話弄的
硬硬的。直豎的一條棍。隔窓眼裡舒過來。婦人一見。笑的要不
的。罵道。怪賊牢拉的短命。猛可舒出你老子頭來。諕了我一跳。
你趁早好好抽進去。我好不好。拿針刺與你一下子。教你忍痛
哩。經濟笑道。你老人家。這回兒又不待見他起來。你好反打發
他箇好去處。也是你一點陰騭。婦人罵道。好箇怪牢成久慣的
囚根子。一面向腰裡。摸出面靑銅小鏡兒來。放在牕欞上。假做
勻臉照鏡。一面用朱唇吞裹吮咂他那話。吮咂的這小郎君。一

點靈犀灌頂滿腔春意融心。正是自有內事迎郎意。慇懃愛把
紫簫吹。原來婦人做作如此。若有人看見。只說他照鏡勾臉。麼
不顯其事。其淫蠱顯然通無廉恥。正哂在熱鬧處。忽聽的有人
走的脚步兒響。這婦人連忙摘下鏡子。走過一邊。經濟便把那
話抽回去。却不想是來安兒小厮。走來說傳大郎前邊請姐夫
吃飯哩經濟道。教你傳大郎且吃着。我梳頭哩就來。來安兒回
去了。婦人便悄悄向經濟說。晚夕你休往那裡去了。在屋裡。我
使春梅叫你。好歹等我有話和你說。經濟道。謹依來命。婦人說
畢。回房去了。經濟梳洗畢。往鋪中自做買賣不題。不一時天色
晚來。那日月黑星密。天氣十分炎熱。婦人令春梅燒湯熱水。要
在房中洗澡。修剪足甲。床上收拾衾枕。趕了蚊子。放下紗帳子。

小篆內炷了香。春梅便叫娘。不知今日是頭伏。你不要些鳳仙花染指甲。我替你尋些來。婦人道。你尋去。春梅道。我直往那邊大院子裡纔有。我去拔幾根來。娘教秋菊尋下杵臼。擣下蒜。婦人附耳低言。悄悄分付春梅。你就廂房中請你姐夫晚夕來。我和他說話。這春梅去了。這婦人在房中。比及洗了香肌。修了足甲。也有好一回。只見春梅拔了幾棵鳳仙花來。整叫秋菊擣了半夜。婦人又與了他幾鍾酒吃。打發他厨下先睡了。婦人燈光下。染了十指春葱。令春梅拿櫈子。放在天井內。鋪着涼簟衾枕納涼。約有更闌時分。但見朱戶無聲。玉繩低轉。牽牛織女二星。隔在天河兩岸。又忽聞一陣花香。幾點螢火。婦人手拈紈扇。正伏枕而待。春梅把角門虛掩。正是待月西廂下。迎風戶半開。隔墻花影動。疑是玉人來。原來經濟約定搖木槿花樹爲號。就知他來了。婦人見花枝搖影。知是他來。便在院内咳嗽接應他。推開門進來。兩箇並肩而坐。婦人便問你來房中有誰。經濟道。大姐今日没出來。我已安付元宵兒在房裡。有事先來叫我。因問秋菊睡了。婦人道。已睡熟了。說畢。相摟相抱。二人就在院内櫈上。赤身露躰。席枕交歡。不勝繾綣。但見

情興兩和諧。摟定香肩臉揾腮。手撚香乳綿似軟。實奇哉。掀起脚兒脱繡鞋。玉躰着郎懷。舌送丁香口便開。倒鳳顛鸞雲雨罷。囑多才。明朝千萬早些來。

兩箇雲雨畢。婦人拏出五兩碎銀子來。遞與經濟說。門外你潘姥姥死了。棺材已是你爹在日。與了他。三日入殮時。你大娘教

我去探喪燒帋來了。明日出殯。你大娘不放我去。說你爹熱孝
在身。只見出門。這五兩銀子。交與你。明日央你蚤去門外發送
發送你潘姥姥。打發擡錢。看着下入土內。你來家。就同我去一
般。這經濟一手接了銀子。說這箇不打緊。你分付我幹事。受人
之託。必當終人之事。我明日絕早出門。幹畢事來。回你老人家
說畢。恐大姐進房。老早歸廂房中去了。一宿晚景休題。到次日
到飯時就來家。金蓮纔起來。在房中梳頭。經濟走來回話。就門
外昭化寺裡。拿了兩枝茉莉花兒來婦人戴。婦人問棺材下了
葬了。經濟道。我管何事不打發他老人家。黃金入了櫃。我敢來
回話。還剩了二兩六七錢銀子。交付與你妹子收了。盤纏度日。
千恩萬謝。多多上覆你。婦人聽見他娘入土。落下淚來。便叫春

梅。把花兒浸在盞內。看茶來與你姐夫吃。不一時。兩盒兒蒸酥。
四碟小菜。打發經濟吃了茶。往前邊去了。由是越發與這小厮
兒日親日近。一日七月天氣。婦人早辰約下他。你今日休往那
裡去。在房中等着我。往你房裡。和你耍耍。這經濟答應了。不料
那日被崔本邀了他。和幾箇朋友。往門外耍子去了一日。吃的
大醉來家。倒在床上。就睡着了。不知天高地下。黃昏時分。金蓮
驀地到他房中。見他挺在床上。行李兒也顧不的。推他推不醒。
就知他在那裡吃了酒來。可霎作怪。不想婦人摸他袖子裡。吊
去一根金頭蓮瓣簪兒來。上面鈒着兩溜字兒。金勒馬嘶芳草
地。玉樓人醉杏花天。迎曉一看。就知是孟玉樓簪子。怎生落在
他袖中。想必他也和玉樓有些首尾。不然。他的簪子。如何他袖

着。怪道這短命。幾次在我面上無情無緒。我若不留幾箇字兒與他。只說我沒來。等我寫四句詩在壁上。使他知道。待我見了。慢慢追問他下落。于是取筆在壁上寫了四句。詩曰

獨步書齋睡未醒　空勞神女下巫雲
襄王自是無情緒　辜負朝朝暮暮情

寫畢。婦人回房中去了。却說經濟睡起一覺。酒醒過來。房中掌上燈。因想起今日婦人來相會。我却醉了。回頭見壁上寫了四句詩在上。墨跡猶新。念了一遍。就知他來到。空回去了。打了送上門的風月兒。白丟了。心中懊悔不已。這咱的起更時分。大姐元宵兒。都在後邊未出來。我若往他那邊去。角門又關了。走來槿花下搖花枝爲號。不聽見裡面動靜。不免蹀有。太湖石。扒過

粉墻去。那婦人見他有酒醉了。越覺大恨歸房悶悶在心。就渾衣上床摣睡。不料半夜。他扒過墻來。見院内無人。想丫鬟都睡了。悄悄躡足潛踪。走到房門首。見門虛掩。就挨身進來。牕間月色。照見床上婦人獨自朝裡摣着。低聲叫可意人。數聲不應。說道你休怪我。今日崔大哥衆朋友邀了我往門外五星原庄上射箭耍子了一日。來家就醉了。不知你到有負你之約。恕罪恕罪。那婦人也不理他。這經濟見他不理慌了。一面跪在地下。說了一遍又重復一遍。被婦人反手望臉上撾了一下。罵道賊牢拉負心短命。還不悄悄的。丫頭聽見。我知道你。有箇人。把我不放到心。你今日端的那去來。經濟道。我本被崔大哥拉了。門外射箭去。灌醉了來。就睡着了。失悮你約。你休惱我。我看見你留詩在壁上。就知惱了你。婦人道。怪搗鬼牢拉的。別要說嘴。與我禁聲。你搗的鬼。如泥彈兒圓。我手內放不過你。今日便是本叫了你吃酒。醉了來家。你袖子裡這根簪子。却是那裡的。經濟道。本是那日花園中拾的來。今纔兩三日了。婦人道。你還合神搗鬼。是那花園裡拾的。你再拾一根來。我纔算。這簪子是孟三兒那麻淫婦的頭上簪子。我認千真萬真。上面還鈒着他名字。你。還哄我。嗔道前日我不在。他叫進你房裡吃飯。原來你和他七箇八箇。我問着你。還不成認。你不和他兩箇有首尾。他的簪子。緣何到你手裡。原來把我的事。都透露出與他。怪道前日他見了我笑。原來有你的話在裡頭。自今以後。你是你。我是我。綠豆皮兒請退了。于是急的經濟賭神發呪。繼之以哭道。我經濟若與他有一字絲麻皁線靈的是東岳城隍。活不到三十歲。生來碗大疔瘡。害三五年黃病。要湯不見。要水不見。那婦人終是不信。說道。你這賊才料說來的牙疼誓。虧你口內不害磣。兩箇絮聒了一回。見夜深了。不免解卸衣衫。挨身上床倘下。那婦人把身子扭過。倒背着他。使箇性兒不理他。由着他姐姐長姐姐短。只是反手望臉上摑過去。諕的經濟氣也不敢出一聲兒來。乾霍亂了一夜。就不悞合成戱頭。天明恐怕丫頭起身。依舊越墻而過。往前邊廂房中去了。有醉扶歸詞爲證。

我嘴揾着他油鬏髻。他背靠着胷肚皮。早難送香腮左右偎。只在項窩兒裡長吁氣。一夜何曾見面皮。只覷着牙梳背。

看官聽說。往後金蓮還把這根簪子與了經濟。後來孟玉樓嫁了李衙內。往嚴州府去。經濟還拿着。這根簪子做証見。認玉樓是姐。要暗中成事。不想玉樓哄赸。反陷經濟牢獄之災。此事表過不題。正是三光有影遣誰繫。萬事無根只自生。畢竟後來如何。且聽下回分解。

第八十三回　秋菊含恨泄幽情

聯經出版事業公司 景印版

春梅寄柬諧佳會

第八十三回

秋菊含恨泄幽情　春梅寄柬諧佳會

堪笑西門識未通　惹將桃李笑春風

滿床錦被藏賊睡　三頓珍羞養大蟲

愛物只圖夫婦好　貪財常把丈人坑

更有一件堪觀處　穿房入屋弄乾坤

詩重出數次、可厭

話說潘金蓮見陳經濟天明越墻過去了。心中又後悔。次日却是七月十五日。吳月娘坐轎子出門。往地藏庵薛姑子那里。替西門慶燒盂蘭會箱庫去。金蓮眾人都送月娘到大門首回來。孟玉樓。孫雪娥。西門大姐。都往後邊去了。獨金蓮落後。走到前廳儀門首。撞遇經濟正在李瓶兒那邊樓上。尋了解當庫衣物抱出來金蓮叫住便向他說昨日我說了你幾句你如何使性兒今早就跳博出來了莫不真個和我罷了經濟道你老人家還說哩一夜誰睡着來險些兒一夜沒曾把我麻犯死了你看把我臉上肉也撾的去了婦人罵道賊短命既不與他有首尾賊人胆兒虛你平白走怎的經濟向袖中取出了紙帖兒來婦人打開觀看却是寄生藥一詞說道

動不動將人罵一徑把臉兒上撾千般做小伏低下但言語便要和咱罷罷字兒說的人心怕忘恩失義俏寃家你眉兒淡了教誰畫

金蓮一見笑了說道既無此事你今晚來後邊我慢慢再問你經濟道乞你麻犯了人一夜誰合眼兒來等我白日裏睡一覺

兒去。婦人道。得不去。和你算帳。說畢。婦人回房去了。經濟拏衣物。往鋪子里來做。了一回買賣。歸到廂房。歪在床上。睡了一覺。盼望天色晚來。要往金蓮那邊去。不想比及到黃昏時分。天氣一陣陰黑來。窓外簌簌下起雨來。正是蕭蕭庭院黃昏雨。點點芭蕉不住聲。這經濟見那雨下得緊。說道。好個不做美的天。他甫能教我對証話去。今日不想又下起雨來。好悶倦人也。于是長等短等。那雨不住。簌簌直下到初更時分。下的房簷上流水。這小郎君等不的雨住。披着一條茜紅氈子卧单在身上。那時吳月娘來家。大姐與元宵兒都在後邊沒出來。于是鎖了房門。從西角門大雨裡。走入花園。金蓮那邊。推了推角門。婦人知他今日晚必來。早已分付春梅。灌了秋菊幾鍾酒。同他在炕房裡先睡了。以此把角門虛掩。這經濟推了推角門。見掩着。便挨身而入。進到婦人卧房。見紗窻半啟。銀蠟高燒。卓上酒果已陳。金尊滿泛。兩個並肩疊股而坐。婦人便問你既不曾與孟三兒勾搭。這簪子怎得到你手里。經濟道。本是我昨日在花園荼蘼架下拾的。若哄你。便促死促滅。婦人道。既無此事。還把這根簪子與你関頭。我不要你的。只要把我與你的簪子香囊帕兒物事收好着。少了我一件兒。我與你荅話。兩個吃酒下棋。到一更方上床就寢。顛鸞倒鳳。整狂了半夜。婦人把昔日西門慶枕邊風月。一旦盡付與情郎身上。却說秋菊在那邊屋裏。夜聽見這邊房裡。恰似有男子聲音說話。更不知是那個了。到天明雞叫時分。秋菊起來溺尿。忽聽那邊房內開的門响。朦朧月色雨尚未止打窓眼看見一人。披着紅肐單。從房中出去了。恰似陳姐夫一般。原來夜夜和我娘睡。我娘自來人前會撇清。乾淨睛裏養着女婿。次日逕走到後邊廚房裡。就如此這般對小玉說。不想小玉和春梅好。又告訴與春梅。你那邊秋菊說。你娘養着陳姐夫。昨日在房裡睡了一夜。今早出去了。大姑娘和元宵又没在前邊睡。這春梅歸房。一五一十。對婦人說娘不打與你這奴才幾下。教他騙口張舌。葬送主子。就是一般教作煎煎粥兒就把鍋來打破了。你屁股大吊了心也怎的。我這幾日没曾打你這奴才骨朶痒了。于是拏棍子。向他春背上。儘力狠抽了三十下。打的殺猪也似叫。身上都破了。春梅走將來說。娘没的打他這幾下兒。與他撾痒痒兒哩。旋剝了。叫將小廝來拏大板子儘力砍與他二三十板看他怕不怕湯他這幾下兒打水不渾的只像鬪猴兒一般他好小胆兒你想他怕也怎的做奴才裏言不出外言不入都似這般養出家生哨兒來了秋菊道誰說甚麼來婦人道還說嘴哩賊彼家誤五鬼的奴才還說甚麼幾聲喝的婦人往厨下去了正是蚊蝨遭扇打只爲嘴傷人一日八月中秋時分金蓮夜間暗約經濟賞月飲酒和春梅同下鱉棋兒晚夕貪睡失曉至茶將前後還未起來頗露圭角不想被秋菊睃到眼裡連忙走到後邊上房門首對月娘說不想月娘正梳頭小玉在上房門秋菊拉過他一邊告他說俺姐夫如此這般昨日又在我娘房裡歇了一夜如今還未起來哩前日爲我告你說打了我一頓今日真實看見我須不賴他請奶奶快去瞧

去。小玉罵道。張眼露睛奴才。又來葬送主子。俺奶奶梳頭哩。還不快走哩。月娘便問他說甚麼。小玉不能隱諱。只說五娘使秋菊來請奶奶說話。更不題出別的事。這月娘梳了頭。輕移蓮步。驀然來到前邊金蓮房門首。早被春梅看見。慌的先進來。報與金蓮。金蓮與經濟兩個。還在被窩內未起。聽見月娘到。兩個都吃了一驚。慌做手腳不迭。連忙藏經濟在床身子裡。用一床錦被遮蓋的。教春梅放小卓兒在床上。拏過珠花來。且穿珠花。不一時月娘到房中坐下。說六姐你這裡咱還不見出門。只道你做甚。原來在屋裡穿珠花哩。一面拏在手中觀看。誇道且是穿得好。正面芝蔴花。兩邊槅子眼方勝兒。周圍蜂趕菊。你看着的珠子。一個挨一個兒。湊的同心結。且是好看。到明日你也替我穿恁條箍兒戴婦人見月娘說好話兒那心頭小鹿兒纔不跳了一面令春梅倒茶來與大娘吃少頃月娘吃了茶坐了回去了說六姐快梳子頭後邊坐金蓮道知道打發月娘出來連忙擲掇經濟出巷往前邊去了春梅與婦人整揑兩把汗婦人說你大娘等閒無事他不來我這屋裏來無事他今日大清早辰來做甚麼春梅道左右是咱家這奴才戳的來不一時只見小玉走來如此這般秋菊後邊說去說姐夫在這屋裡明睡到夜夜睡到明日被我罵喝了他兩聲他還不動俺奶奶問我沒的說只說五娘請奶奶說話方纔來了你老人只放在心裡大人不見小人過只隄防着這奴才就是了看官聽說雖是月娘不信秋菊說話只恐金蓮少女嫩婦沒了漢子日久一時心邪

着了道兒恐傳出去。被外人辱恥。西門慶爲人一塲。沒了多時光兒。家中婦人。都弄的七顛八倒。恰似我養的這孩子。也來路不明一般。香香噴噴在家里。臭臭烘烘在外頭。又以愛女之故。不教大姐遠出門。把李嬌兒廂房。挪與大姐住。教他兩口兒搬進後邊儀門裏來。遇着傳夥計家去。教經濟輪番在舖子裡上宿。取衣物藥材。同玳安兒出入。各處門戶。都上了鎖鑰。丫鬟婦女。無事不許往外邊去。凡事都嚴禁。這潘金蓮與經濟兩個。熱鬧突突。恩情都間阻了。正是世間好事多間阻。就裏風光不久長。有詩爲証

幾向天台訪玉真　三山不見海沉沉
侯門一日深如海　從此蕭郎是路人

潘金蓮自被秋菊泄露之後。月娘雖不見信。晚夕把各處門戶。都上了鎖。西門大姐。搬進李嬌兒房中居住。經濟尋取藥材衣物。同玳安。或平安。眼同出入。二人恩情。都間阻了。約一個多月。不曾相會一處。金蓮每日難挨。繡幃孤枕。怎禁畫閣凄涼。未免害些木邊之目。田下之心。脂粉懶勻。茶飯頓減。帶圍寬褪。懨懨瘦損。每日只是思睡。扶頭不起。有春梅向前問道。娘你這兩日。怎的不去後邊坐坐。或是往花園中。散心走走。每日短歎長吁。端的爲些甚麼。婦人道。你不知道。我與你姐夫相交。有鴈兒落爲証。

我與他好似並頭蓮一處生。比目魚纏成塊。初相逢熱似粘。乍怎離別難禁耐。好是惟奇哉。這兩日他不進來。大娘又把門上鎖。花園中狗兒乖。難猜。奴婢們眼聽的怪傷懷。這相思實難解。

春梅道娘。你放心。不妨事。塌了天。還有四個大漢扶着哩。昨日大娘留下兩個姑子。今晚夕宣卷。後邊關的儀門早。晚夕我推往前邊。馬坊內取草。裝填枕頭。等我往前邊鋪子裡。叫他去。你寫下個來帖兒。與我拏着。我好歹叫了姐夫。和娘會一面。娘心下如何。婦人道。我的好姐姐。你若肯可憐見。叫得他來。我恩有重報。不可有忘。我的病兒好了。替你做雙滿臉花鞋兒。春梅道。娘說的是那裡話。你和我是一個人。爹又沒了。你明日往前後進。我情愿跟娘去。咱兩個還在一處。婦人道。你有此心。可知好哩。婦人于是輕拈象管。欵拂花箋。寫就一個柬帖兒。你封停當。

到于晚夕。婦人先在後邊月娘前。假托心中不自在。得了個金蟬脫殼。歸到前邊。房中沒事。月娘後邊儀門。老早關了。丫鬟婦女。都放出來。聽尼僧宣卷。金蓮央及春梅。遞與他柬帖。說道好姐姐。你快些請他去。有河西六娘子爲証

央及春梅好姐。你放寬洪海量些些。俺團圓只在今宵夜。咱。你把脚步兒快走些些。我這里錦被兒重重等待者。

春梅道。等我先把秋菊那奴才。與他幾鍾酒。灌醉了。倒扣他在厨房內。我方拏了筐。推往前邊馬坊中。取草來填枕頭。就叫他來。于是篩了兩大碗酒。打發秋菊吃的。扣他在厨房內。拏了婦人柬帖兒出門。有鴈兒落爲証

我與馬坊中。推取草。到前邊。就把他來叫。歸來把狗兒藏門

上將鎖兒套尊前酒兒篩。床上灯兒罩。帳煖度准備鳳鸞交。
休教人知覺把秋菊灌醉了。春宵。聽着花影動。知他到。今宵。
管恁兩個成就了
春梅走到前邊攝了一筐草。到印子鋪門首叫門。正值傅夥計不在鋪中往家去了。獨有經濟在炕上纔揸下。忽見有人叫門。問是那個。春梅道是你前世娘。散相思五瘟使。經濟開門見是他。滿臉笑道。原來是小大姐。沒人請裡面坐。進入房內。見卓上點着燭。問小厮們在那里。經濟道。玳安和平安在那裡生藥鋪中睡哩。獨我一個在此受孤恓挨冷淡。就是小生春梅道俺娘多上覆你好人兒。這幾日就門邊兒也不傍。往俺那屋裏走走去。說你另有了對門主顧兒了。不希罕俺娘兒們了。經濟道。那

里話。自從那日因些二閒話。見大娘緊門緊戶。所以不耐煩走動
春梅道。俺娘爲你這幾日。心中好生不快。逐日無心無緒。茶飯
懶吃做事沒入脚處。今日大娘留他後邊聽宣卷。也沒去就來
了。一心只是牽掛想你。巴巴使我稍寄了一束帖在此。好歹教
你快去哩。這經濟接過柬帖。見封的甚密。拆開觀看。却是寄生
草一詞。說道

將奴這桃花面。只因你憔瘦損。不是因惜花愛月傷春困。則
是因今春不減前春恨。常則是淚珠兒滴盡相思症。恨的是
綉幃灯照影兒孤。盼的是書房人遠天涯近

經濟一見了此詞。連忙向春梅躬身深深地唱喏。說道多有起
動起動。我並不知他不好。沒曾去看的。你娘兒們休怪休怪。你

且先走一步。我收拾了。如今就去。一面開廚門。取出一方白綾汗巾。一副銀三事挑牙兒荅贈。和春梅兩個摟抱。按在炕上。且親嘴咂舌。不勝歡謔。正是無緣得會鶯鶯面。且把紅娘去解饞。

有詩為証

淡畫眉兒斜插梳　不欣拈弄綉工夫
雲窗霧閣深深許　靜坐芸窗學景書
多艷麗　更清姝　神仙標映世間無
當初只說梅花似　細看梅花却不如

當下兩個。相戲了一回。春梅先拏着草歸到房來。一五一十。對婦人說。姐夫我叫了他便來也。他看了你那柬帖兒。好不喜歡。與我深深作揖。與了我一方汗巾。一副銀挑牙兒相謝。婦人便叫春梅。你去外邊看着。只怕他來。休教狗咬。春梅道。我把狗藏過一邊。原來那時。正值中秋八月十六七。月色正明。且說陳經濟旋那邊生藥鋪。叫過平安兒來。這邊歇。他一個獵古調兒。前邊花園門關了。打後邊角門。走入金蓮那邊。搖木槿花爲號。春梅隔墻看見花稍動。且連忙以咳嗽應之。報婦人。經濟推開門。挨身進入到房中。婦人迎門接着。笑語。說道好人兒。就不進來走走兒。經濟道。彼此怕是非。躲避兩日兒。不知你老人家不快。有失問候。婦人道。有四換頭詞爲證。

赤緊的因些閒話。把海樣恩情一旦差。你這兩日門兒不抹。

我心兒掛。關情的我兒。你怎生便撇的下。

兩個坐下。春梅關上角門。房中放卓兒。擺上酒肴。婦人和經濟。

並肩疊股而坐。春梅打橫。把酒來斟。穿杯換盞。倚翠偎紅。吃了一回。擺下棋子。三人同下鱉棋兒。吃得酒濃上來。婦人嬌眼摇斜。烏雲半軃。取出西門慶淫器包兒。裏面包着相思套。顫聲嬌。銀托子。勉鈴。一弄兒淫器。教經濟便在灯光影下。婦人便赤身露體。仰卧在一張醉翁椅上兒。經濟亦脫的上下没條絲。也對坐一椅。拏春意二十四解本兒。在燈下照着樣兒行事。婦人便叫春梅。你在後邊推着你姐夫。只怕他身子乏了。那春梅真個在身後推送。經濟那話。插入婦人牝中。往來抽送。十分暢美。不可盡言。却表秋菊在後邊廚下。睡到半夜裡。起來淨手。見房門倒扣着。推不開。于是伸手出來。拔開了弔兒。大月亮地裡。躡足潛踪。走到前房窓下。打窓眼裡。潤破窓紙。望裡張看。見房中掌

着明晃晃燈燭。三個吃的大醉。都光赤着身子。正做得好。兩個對面坐着椅子。春梅便在後邊推車。三人串作一處。但見

一個不顧夫主名分。一個那管上下尊卑。一個氣的吁吁。猶如牛吼柳影。一個嬌聲嚦嚦。猶似鶯囀花間。一個椅上逞雨意雲情。一個耳畔說山盟海誓。一個寡婦房內。翻爲快活道場。一個丈母根前。變作行淫世界。一個把西門慶枕邊風月盡付與嬌婿。一個將韓壽偷香手段。悉送與情娘。正是寫成今世不休書。結下來生歡喜帶。

當時都被秋菊。看到眼裏。口中不說。還只在人前撇清。要打我今日却真實被我看見了。到明日對大娘說。莫非又說騙張舌。賴他不成。于是瞧了個不亦樂乎。依舊還往廚房中睡去了。三

個整狂到三更時分纔睡。春梅未曾天明。先起來。走到廚房見廚房門開了。便問秋菊。秋菊道。你還說哩。我尿急了。往那里溺我拔門了出。出來院子里溺尿來。春梅道。成精奴才。屋裏放着榪子溺不是。秋菊道。我不知榪子在屋裏。兩個後邊賭誤經濟天明起來。早往前邊去了。正是兩手劈開生死路。翻身跳出是非門。婦人便問春梅。後邊亂甚麼。這春梅如此這般。告說秋菊夜裡開門一節。婦人發恨要打秋菊。這秋菊早辰。又走來後邊報與月娘知道。被月娘喝了一聲。罵道賊葬弄主子的奴才。前日平空走來。輕事重報。說他主子窩藏陳姐夫在屋裏。明睡到夜。夜睡到明。叫了我去。他主子正在床上。放炕卓兒穿珠花兒。那得陳姐夫來。落後陳姐夫。打前邊來。恁一個弄主子的奴才。

一個大人放在屋裏。端的走糖人兒。木頭兒。不拘那里安放了
一個漢子。那里發落付莫毬。放在眼面前不成傳出去知道的。
是你這奴才們。葬送主子。不知道的。只說西門慶。平昔要的人
强占多了。人死了多少時兒。老婆們一個個都弄的七顛八倒。
恰似我的這孩子。也有些甚根兒不正一般。于是要打秋菊。諕
的秋菊。往前邊疾走如飛。再不敢來後邊說去了。婦人聽見月
娘。唱出秋菊。不信其事。心中越發放下胆子來了。于是與經濟
作一詞以自快。云紅綉鞋爲証

會雲雨風般疎透。閒是非屁似休俶。那怕無縫鎖上十字扭
輪鍬的閃了手腕。散楚的斗破咽喉。咱兩個関心的情越有

西門大姐。聽見此言。背地裡輪問陳經濟道。你信那汗邪了的

奴才我昨日見在舖子上宿。幾時往花園那邊去了。花園門成日又関着。西門大姐罵道。賊囚根子。你别要説嘴。你若有風吹草動。到我耳朶内。惹娘説我。你就信信脱脱去了。罵也休想在這屋裏了。經濟道。是非終日有。不聽自然無。怪不的説舌的奴才。到明日得了好。大娘眼見不信他。西門大姐道。得你這般説就好了。正是誰料郎心輕似絮。那知妾意亂如絲。畢竟未知後來何如。且聽下回分解

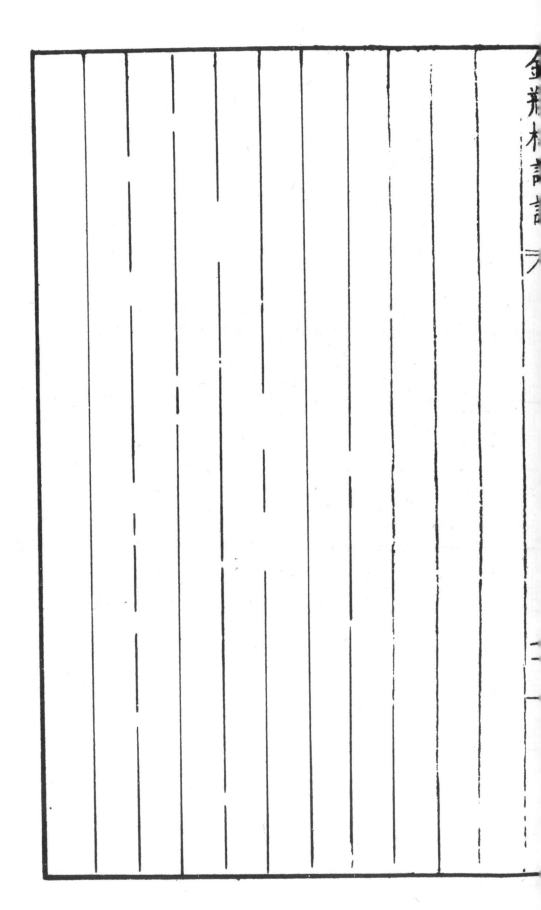

第八十四回 吳月娘大鬧碧霞宮

普靜師化緣雪澗洞

第八十四回

吳月娘大鬧碧霞宮　宋公明義釋清風寨

冬夏長青不世情　乾坤妙化屬生成
清標不染塵埃氣　貞操惟持泉石盟
凡節通靈無並品　孤霜釀味有餘馨
世人欲問長生術　到底芳姿益壽齡

話說一日吳月娘請將吳大舅來商議要往泰安州頂上與娘娘進香西門慶病重之時許的願心那時吳大舅保定備辦香燭紙馬祭品之物玳安來安兒跟隨顧了頭口騎月娘便坐一乘暖轎子分付孟玉樓潘金蓮孫雪娥西門大姐好生看家同妳子如意兒衆丫頭好生看孝哥兒後邊儀門無事早早關了

休要出去外邊。又分付陳經濟休要那去。同傅夥計大門首看顧。我約莫到月盡就來家了。十五日早辰燒紙通信。晚夕辭了西門慶靈。與衆姊妹置酒作別。把房門各庫門房鑰匙交付與小玉拿鑰匙前後仔細。次日早五更起身離了家門。一行人顧了頭口。衆姊妹送出大門而去。那秋深時分。天寒日短。一日行兩程。六七十里之地。未到黃昏。投客店村坊安歇。次早再行。一路上秋雲淡淡。寒雁淒淒。樹木凋落。景物荒凉。不勝悲愴。有詩单道月娘爲夫主遠涉關山。答心願爲証。

平生志節傲冰霜　一點眞心格上蒼
爲夫遠許神州願　千里關山姓字香

話休饒舌。一路無詞。行了數日。到了泰安州。望見泰山。端的是天下第一名山根盤地脚頂接天心居齊魯之邦有巖巖之氣象吳大舅見天晚投在客店歇宿一宵次日早起上山望岱岳廟來那岱岳廟就在山前乃累朝祀典歷代封禪爲第一廟貌也但見

廟居岱岳山鎮乾坤爲山岳之至尊乃萬福之領袖山頭倚檻直望弱水蓬萊絶頂攀松都是濃雲薄霧樓臺森聳金烏展翅飛來殿宇稜層玉兎騰身走到雕梁畫棟碧瓦朱簷鳳扉曉槅映黃紗龜背綉簾垂錦帶遙觀聖像九獵舞舜目堯眉近覩神顏衮龍袍湯肩禹背九天司命芙蓉掩映絳綃衣炳靈聖公赭黃袍偏襯藍田帶左侍下玉簪朱履右侍下紫綬金章闔殿威儀護駕三千金甲將兩廊勇猛擎王十萬鐵

衣兵蒿里山下判官分七十二司白騾廟中土神按二十四氣管太池鐵面太尉日日通靈掌生死五道將軍年年顯聖御香不斷天神飛馬報丹書祭祀依時老幼望風祈護福嘉寧殿祥雲香靄正陽門瑞氣盤旋正是萬民朝拜碧霞宮四海皈依神聖帝

吳大舅領月娘到了岱岳廟正殿上進了香瞻拜了聖像廟祝道士在傍宣念了文書然後兩廊都燒化了錢紙吃了些齋食然後統領月娘上頂登四十九盤攀藤攬葛上去娘娘金殿在半空中雲烟深處約四十五里風雲雷雨都望下觀看月娘衆人從辰牌時分岱岳廟起身登盤上頂至申時已後方到娘娘金殿上名宋江牌扁金書碧霞宮二字進入宮內瞻禮娘娘金

身。怎生模樣。但見

頭綰九龍飛鳳髻。身穿金縷絳綃衣。藍田玉帶曳長裾。白玉圭璋擎彩袖。臉如蓮蕚。天然眉目映雲鬟。唇似金朱。自在規模端雪體。猶如王母宴瑤池。却似嫦娥離月殿。正大仙容描不就。威嚴形像畫難成

月娘瞻拜了。娘娘仙容。香案邊立着一個廟祝道士。約四十年紀。生的五短身材。三溜髭鬚。明眸皓齒。頭戴簪冠。身披絳服。足穿雲履。向前替月娘宣讀了。還願文疏。金爐內炷了香。焚化了紙馬金銀。令左右小童收了祭供。原來這廟祝道士。也不是個守本分的。乃是前邊岱岳廟裡金住持的大徒弟。姓石雙名伯才。極是個貪財好色之輩。趨時攬事之徒。這本地有個殷太歲。

姓殷雙名天錫。乃是本州知州高廉的妻弟。常領許多不務本
的人。或張弓挾彈。牽架鷹犬。在這上下二宮。專一賧看四方燒
香婦女。人不敢惹他。這道士石伯才。專一藏奸蓄詐。替他賺誘
婦女到方丈。任意姦淫。取他喜歡。因見月娘生的姿容非俗。戴
着孝冠兒。若非官戶娘子。定是豪家闈眷。又是一位蒼白髭鬚
老子跟隨。兩個家童。不免向前稽首。收謝神福。請二位施主方
丈一茶。吳大舅便道。不勞生受。還要赶下山去。伯才道。就是下
山也還早哩。不一時說至方丈裡面。糊的雪白。正面芝麻花坐
牀。栁黃錦帳。香几上供養一軸洞賓戲白牡丹圖畫。左右一聯
淡濃之筆。大書携兩袖清風舞鶴。對一軒明月談經。問吳大舅
上姓。大舅道。在下姓吳名鎧。這個就是舍妹吳氏。因為夫主未

還香愿。不當取擾上宮。伯才道。既是令親俱延上坐。他便主位坐了。便叫徒弟守清守禮看茶。原來他手下有個徒弟。一個叫郭守清。一個名郭守禮。皆十六歲。生的標致。頭上戴青段道髻。用紅扎任總角。後用兩根飄帶。身穿青絹道服。脚上凉鞋淨襪。渾身香氣襲人。客至則遞茶遞水。斟酒下菜。到晚來背地來掇箱子。拿他鮮嚵塡餡明雖爲脚兒徒弟。實爲師父大小老婆。更有一件不可說。脫了褲子。每人小幅裡夾着一條大手巾。看官聽說。但凡人家好兒好女。切記休要送與寺觀中出家。爲僧作道。女孩兒做女冠姑子。都稱瞎男盜女娼。十個九個都着了道兒。有詩爲証

琳宮梵刹事因何　道即天尊釋即佛

廣裁花草虛清意　　待客迎賓假做作
美衣麗服裝徒弟　　浪酒閑茶戲女娥
可惜人家嬌養子　　迸與師父作老婆

不一時兩個徒弟。守清守禮房中安放桌兒。就擺齋上來。都是美口甜食。蒸𩟔餅饊。䤈春饌。各樣菜蔬。擺滿春臺。白定磁盞兒。銀杏葉匙。絕品雀舌甜水好茶。吃了茶。收下家火去。就擺上案酒。大盤大碗餚饌。都是鷄鵝魚鴨葷菜上來。斟琥珀銀鑲盞。滿泛金波。吳月娘酒來就要起身。叫玳安近前用紅漆盤托出一疋大布。二兩白金。與石道士作致謝之禮。吳大舅便說不當打攪上宮。這些微禮致謝仙長。不勞見賜酒食。天色晚來。如今還要趕下山去。慌的石伯才致謝不已。說小道不才。娘娘福蔭。在

本山碧霞宮做個住持。仗賴四方錢糧。不管待四方財主。作何
項下使用。今聊備粗齋薄饌。倒反勞見賜厚禮。使小道却之不
恭。受之有愧。辭謝再三。方令徒弟收下去。一面留月娘吳大舅
坐。好反坐片時。略飲三杯。盡小道一點薄情而已。吳大舅見款
留懇切。不得已。和月娘坐下。不一時熱下飯上來。石道士分付
徒弟。這個酒不中吃。另打開昨日徐知府老爹送的那一罎與
透瓶香荷花酒來。與你吳老爹用。不一時徒弟取用熱壺篩熱
酒上來。先滿斟一杯。雙手遞與月娘。月娘不肯接。吳大舅說舍
妹他天性不用吃酒。伯才道老夫人連路風霜。用些何害。好反
淺用些。一面倒去半鍾。遞上去與月娘接了。又斟一杯遞與吳
大舅。說吳老爹你老人家試嘗此酒。其味何如。吳大舅飲了一

口。覺香甜絕美。其味深長。說道此酒甚好。伯才道。不瞞你老人
家說此是青州徐知府老爹。送與小道的酒。他老夫人小姐公
子。年年來岱岳廟燒香。建醮。與小道相交極厚。他小姐衙內又
寄名在娘娘位下兒。小道立心平淡。慇懃香火。一味志誠甚是
敬愛小道。常年這岱岳廟上下二宮。錢糧有一半征收入庫。近
年多虧了我這恩主徐知府老爹。題奏過也不征收。都全放常
住用度。侍奉娘娘香火。餘者接待四方香友。這裡說話。下邊玳
安平安跟從轎夫。下邊自有坐處。湯飯點心。大盤大碗酒肉。都
吃飽了。看官聽說。這石伯才窩藏殷天錫。賺引月娘到方丈。要
暗中取事。豈不加意奉承。飲了幾杯。吳大舅見天晚要起身。伯
才道。日色將落。晚了。赶不下山去。倘不棄在小道方丈權宿一

宵明早下山從容些些吳大舅道爭柰有些些小行李在店內誠恐
一時小人囉唣伯才笑道這個何須挂意如有絲毫差遲聽得
是我這裡進香的不拘村坊店道聞風害怕好不好把店家拿
來本州夾打就教他尋賊人下落吳大舅聽坐住伯才拿大鍾
斟上酒吳大舅見酒利害遂往後邊閣上觀看隨喜伯才便教
偷酒在懷推醉了更衣要往徒弟守清引酒拿鑰匙開門教大
舅觀看去了這月娘覺身子乏之困便要牀上側側兒這石伯才
一面把房門拽上外邊坐去了也是合當有事月娘方纔牀上
揺着忽聽裡面响喨了一聲牀背後紙門內踸出一個人來淡
紅面貌三柳髭鬚約三十年紀頭戴滲青巾身穿紫錦袴衫雙
關抱住月娘說道小生姓殷名天錫乃高太守妻弟久聞娘子

乃官豪宅眷。天然國色。思慕已久。渴欲一見。無由得會。今既接英標。乃三生有幸。死生難忘也。一面接着月娘在牀上求歡。月娘諕的慌做一團。高聲大叫。清平世界。朗朗乾坤。沒事把良人妻室。強攔攔在此做甚。就要奪門而走。被天錫死邊攔擋不放。便跪下說。娘子禁聲。下顧小生懇求憐允。那月娘越高聲叫的聲緊了。口口大叫救人。來安玳安聽見。是月娘聲音。慌慌張張。走去後邊閣上。叫大舅。說大舅快去。我娘在方丈和人合口哩。這吳大舅兩步做一步。奔到方丈。推門那裡推得開。只見月娘高聲清平世界。攔燒香婦女在此做甚麼。這吳大舅便叫。姐姐休慌。我來了。一面拿石頭把門砸開。那殷天錫見有人來。撒開手。打牀背後一溜烟走了。原來這石道士牀背後。都有出路。吳

大舅砸開方丈門。問月娘道。姐姐那厮玷污不曾。月娘道。不曾
玷污。那厮打牀背後走了。吳大舅尋道士。那石道士躲去一邊。
只教徒弟來支調。被大舅大怒。喝令手下跟隨玳安來安兒。把
道士門窗户壁。都打碎了。一面保月娘出離碧霞宫。上了轎子。
便趕下山來。約黄昏時分起身。走了半夜。投天明趕到山下客
店内。如此這般。告店小二說。小二叫苦連聲。說不合惹了殷太
歲。他是本州知州相公妻弟。有名殷太歲。你便去了。把俺開店
之家。他遭塌凌辱。怎肯干休。吳大舅便多與他一兩店錢。取了
行李。保定月娘轎子。急急奔走。後面殷天錫氣不捨。率領二三
十閑漢。各執腰刀短棍。趕下山來。吳大舅一行人。兩程做一程。
約四更時分。趕到一山凹裡。遠遠樹木叢中。有灯光。走到跟前。

却是一座石洞。裡面有一老僧秉燭念經吳大舅問老師。我等頂上燒香。被強人所赶。奔下山來。天色昏黑。迷踪失路。至此敢問老師此處是何地名。從那條路回家去。老僧道。此是岱岳東峯。這洞名喚雪澗洞。貧僧就叫雪洞禪師。法名普靜。在此修行。二三十年。你今遇我。實乃有緣。休往前去。山下狼虫虎豹極多。明日早行。一直大道。就是你清河縣了。吳大舅道。只怕有人追赶。老師把眼一觀說無妨。那強人赶至半山。巳回去了。因問月娘姓氏。吳大舅道此乃吾妹。西門之妻。因為夫主來此進香。得遇老師搭救恩有重報。不敢有忘。于是在洞內歇了一夜。次日五更。月娘拿出一疋大布謝老師。老師不受。說貧僧只化你親生一子。作個徒弟。你意下何如。吳大舅道。吾妹止生一子。指望承繼家業。若有多餘。就與老師作徒弟出家。月娘道。小兒還小。今纔不到一周歲兒。如何來得。老師道。你只許下我。如今不問你要。過十五年纔問你要哩。月娘口中不言。過十五年。再作理會。遂許下老師。看官聽說。不當今日許老師一子出家。後來十五年之後。天下荒亂。月娘携領孝哥孩兒。往河南投奔雲離守。就昏去路。遇老師度化在永福寺。落髮爲僧。此事表過不題。次日月娘辭了老師。往前所進。走了一日。前有一山攔路。這座山名喚清風山。生的十分險惡。但見

八面嵯峨。四圍險峻。古怪喬松盤翠盖。搓拐老樹挂藤蘿。瀑布飛來。寒氣逼人毛髮冷。巔崖直下。清光射目夢魂驚。澗水時聞。推一人齊响。峯巒倒卓。山鳥聲哀。麋鹿成群。狐狸結黨

穿荆棘往來跴躧尋野食。前後呼號。佇去草坡一望並無商旅店。行來山徑週廻盡是死屍坑。若非佛祖修行處。定是強人打刼場。

原來這山。喚做清風山。山上有座清風寨。寨中有三個強寇。一名錦毛虎燕順。一名矮脚虎王英。一個白面郎君鄭天壽。手下聚五百小嘍囉。專一打家刼道。放火殺人。人不敢惹他。當下吳大舅一行人。騎頭口。簇擁着月娘轎子。進入山來。那時日色已落。天色昏黑。不見村坊店道。正在危懼之際。不防地下拋去一條絆馬索子。把吳大舅頭口絆落倒跌落塹坑內。原來山下小嘍囉見月娘轎子。搶上山來。吳大舅一行人。報與三個強寇。門出一夥小嘍囉。騎着馱垜。逕入山來。吳大舅一行人。都被拿到寨前。三個強寇在寨上。正陪山東及時雨宋江飲酒。宋江因殺了娼婦閻婆惜。逃躲至此。三人留他寨中住幾日。宋江看見月娘。頭戴孝髻。身穿縞素衣服。舉止端莊。儀容秀麗。斷非常人妻子。定是富家閨眷。因問其姓氏。月娘向前道了萬福。大王妾身吳氏之女。千户西門慶之妻。守節孤霜。因為夫主病重。許下泰山香願。先在山上。被殷天錫所赶。走了一日一夜。要回家去。不不想天晚。悞從大王山下經過。行李馱垜。都不敢要。只是乞饒性命。還家萬幸矣。宋江因見月娘詞氣哀惋動人。便有幾分慈憐之意。乃便欠身向燕順道。這位娘子。乃是我同僚正官之妻。有一面之識。為夫主到此進香。因被殷天錫所赶。悞到此山所經過。有犯賢弟清蹕。也是個烈婦。看我宋江的薄面。放他回去。以全他名節罷王英便說哥哥爭奈小弟沒個妻室讓與小弟做個押寨夫人罷遂令小嘍羅把月娘擡入他後寨去了宋江向燕順鄭天壽道我恁說一塲王英見弟就不肯教我做個人情燕順道這兄弟諸般都好自吃了有這些毛病見了婦人女色眼裡火就愛那宋江也不吃酒同二人走到後寨見王英正摟着月娘求歡宋江走到根前一把手將王英拉着前邉便說道賢弟既做英雄把了溜骨腿三字不爲好漢你要尋妻室等宋江替你做媒保一個實女好的行茶過水娶來做個夫人何必要這再醮做甚麼王英道哥哥你且胡亂權讓兄弟這個罷宋江道不好我宋江久後决然替賢弟也要一个好的不爭你今日要個這婦人惹江湖上好漢耻笑殷天錫我那廝我不上梁

山便罷。若上梁山央。替這個婦人報了仇。看官聽說。後宋江到梁山做了寨主。因爲殷天錫奪了柴皇城花園。使黑旋風李逵殺了殷天錫。大鬧了高唐州。此事表過不題。當日燕順見宋江說此話。也不問王英肯不肯。喝令轎夫上來。把月娘擡了去。吳月娘見放了他。向前拜謝宋江。說蒙大王活命之恩。宋江道。阿呀。我不是這山寨大王。我是鄆城縣客人。你是拜這三位大王便了。月娘拜畢。吳大舅保着離了山寨。上了轎子。過了清風山往清河縣大道前來。正是撞碎玉籠飛彩鳳。頓開金鎖走蛟龍。有詩爲証。

世上只有人心歹　萬物還教天養人
但交方寸無諸惡　狼虎叢中也立身

畢竟未知後來何如。且聽下回分解

第八十五回　吳月娘識破姦情

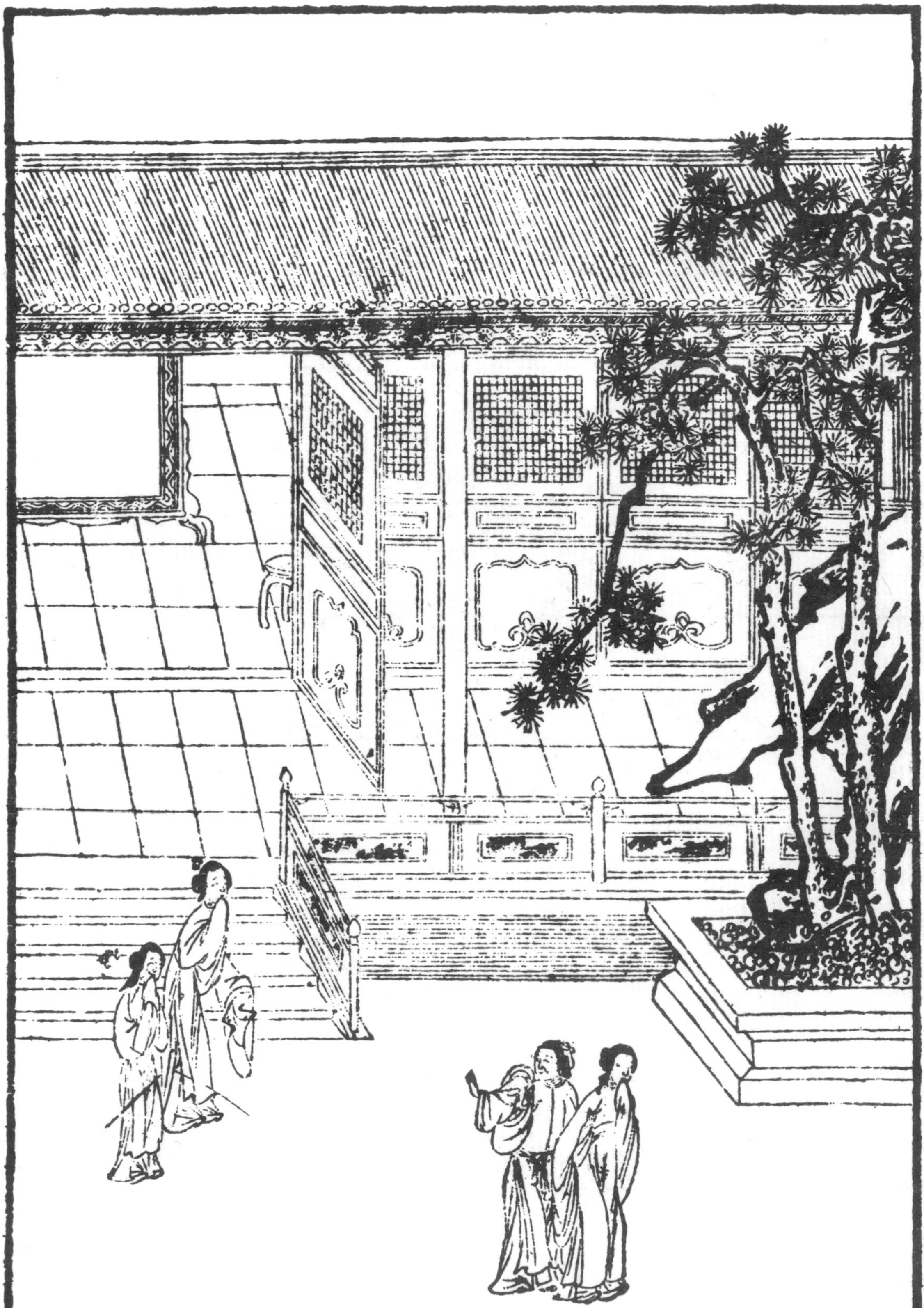

春梅姐不垂別淚

第八十五回

月娘識破金蓮姧情　薛嫂月夜賣春梅

人家養女甚無聊　倒踏來家更不合
口稱爹媽虛情意　權當為兒假做作
人户只嫌恩愛少　出門翻作怨仇多
若有一些些不到處　一日一場罵老婆

話說吳大舅。保月娘有日取路來家。不題。单表潘金蓮。自從月娘不在家。和陳經濟兩個家前院後庭。如雞兒赶彈兒相似。纏做一處。無一日不會合。一日金蓮眉黛低垂。腰肢寬大。終日懨懨思睡。茶飯懶嚥。叫經濟到房中說。奴有件事告你說。這兩日眼皮兒懶待開。腰肢兒漸漸大。肚腹中撥撥跳。茶飯兒怕待吃。

身子好生沉困。有你爹在時。我求薛姑子符藥衣胞。那等安胎
白沒見個踪影。今日他沒了。和你相交多少時兒。便有了孩子。
我從三月内洗換身上。今方六個月。巳有半肚身孕。往常時我
排磕人。今日却輪到我頭上。你休推睡裡夢裡。趂你大娘未來家。
那裡討貼墜胎的藥。趂早打落了這胎氣。離了身。奴走一步也
伶俐。不然弄出個怪物來。我就尋了無常罷了。再休想擡頭見
人。經濟聽了便道。咱家舖中諸樣藥都有。倒不知那幾庄兒墜
胎。又沒方修合。你放心。不打緊處。大街坊胡太醫。他大小方脉
婦人科。都善治。常在咱家看病。等我問他那裡贖取兩貼。與你
吃下胎便了。婦人道。好哥哥。你上緊快去救奴之命。這陳經濟
包了三錢銀子。逕到胡太醫家叫問。胡太醫正在家。出來相見

聲喏。認的經濟西門大官人女婿。讓坐說一向稀面。動問到舍。有何見教。經濟道。別無干瀆。向袖中取出白金三星。充藥資之禮。敢求下良劑一二貼。足見盛情。胡太醫說道。我家醫道大方脉。婦人科。小兒科。內科外科。加減十三方。壽域神方。海上方。諸般雜症方。無不通曉。又專治婦人胎前產後。且婦人以血爲本。藏于肝。流于臟。上則爲乳汁。下則爲月水。合精而成胎氣。女子十四而天癸至。任脉通放。月候按時而行。常以三旬一見。則無病。一或血氣不調。則陰陽愆伏。過於陽則輕水前期而來。過於陰則輕水後期而至。血性得熱而流。寒則凝滯。過於不及。皆致病也。冷則多白。熱則多赤。冷熱不調。則赤白帶。大抵血氣和平。陰陽調順。其精血聚而包胎成。心腎二脉。應手而動。精盛則爲

男。血勝則爲女。此自然之理也。胎前必須以安胎爲本。如無他
疾。不可妄服藥餌。待十月分娩之時。尤當謹護。不然恐生産後
諸疾。慎之慎之。經濟笑道。我不要安胎。我今只用墜胎藥。胡太
醫道。天地之間。以好生爲本。人家十個九個。只要安胎的藥。你
向如倒要墜胎。沒有沒有。經濟見他掣肘。又添了二錢藥資。說
你休管他。各人自有用處。此婦子女生落不順。情願下胎。這
胡太醫接了銀子。說道不打緊。我與你一服紅花。一埽光。吃下
去。如人行五里。其胎自落矣。有西江月爲証。

牛膝蟹瓜甘遂。定磁大戟芫花。斑毛赭石與硇砂。水銀與芒
硝研化。又加桃仁通草。麝香文帶凌花。更燕醋煮好紅花。管
取孩兒落下。

經濟於是討了兩貼紅花一掃光。作辭胡太醫。到家遞與婦人一五一十。說到晚夕。煎紅花湯吃下去。登時滿肚裡生疼。睡在炕上。教春梅按在身只情揉揣。可要作怪。須臾坐淨桶。把孩子打下來了。只說身上來。令秋菊攪草紙倒將東淨毛司裡。次日掏坑的漢子挑出去。一個白胖的小厮兒。常言好事不出門。惡事傳千里。不消幾日。家中大小都知。金蓮養女婿偷出私肚子來了。却說有吳月娘有日來家。往回泰安州去了半個月光景。來時正值十月天氣。家中大小接着。如天上落下來的一般。月娘到家中。先到天地佛前炷了香。然後西門慶靈前拜罷。告訴孟玉樓衆姊妹家中大小。把岱岳廟中及山寨上的。從頭告訴一遍。因大哭一塲。合家大小都來參見了。月娘見孝哥兒。

到根前子母相會在一處。燒帋置酒。管待吳太舅回家。晚夕衆姊妹與月娘接風。俱不在話下。到第二日。月娘路上風霜跋涉。着了辛苦。又乞了驚怕。身上疼痛沉困。整不好了兩三日。那秋菊在家。把金蓮經濟兩人幹的勾當。聽的滿耳滿心。要走上房告月娘說。二人怎生偷出私肚子來。傾在毛司裡乞掏坑的掏出去。何人不看見。又被婦人怎生打罵。含恨正沒發付處。走到上房門首。又被小玉噦罵在臉上。打耳刮子。打在臉上。罵道賊說舌的奴才。趂早與我走。俺奶奶遠路來家。身子不快活。還未起來。趂早與我走。氣了他。倒值了多少的。罵的秋菊忍氣吞聲。喏喏而退。一日也是合有事。經濟進來尋衣裳。婦人和他又在翫花樓上兩個做得好。被秋菊走到後邊。叫了月娘來看。說道奴俾兩番三次告大娘說不信。娘不在兩個在家明睡到夜。夜到明。明偷出私肚子來。與春梅兩個都打成一家。今日兩人。又在樓上幹歹事。不是奴婢說謊。娘快些瞧去。月娘急忙走到前邊。兩個正幹的好。還未下樓。不想金蓮房簷籠內。馴養得個鸚哥兒會說。嘴高聲叫大娘來了。春梅正在房中聽見迎出來。見是月娘。比及樓上叫婦人。先是經濟拿衣服下樓往外走。被月娘喝罵了幾句。說小孩兒沒記性。有要沒緊進來撞甚麼。經濟道。舖子內人等着。沒人尋衣裳。月娘道。我那等分付教小廝進來取。如何又進來寡婦房裡。有要沒緊做甚麼。沒廉耻幾句罵得經濟往外。金命水命。走投無命。婦人羞的半日不敢下來。然後下來。被月娘儘力數說了一頓。說道六姐今後再休這般沒廉恥。你我如今是寡婦。比不的有漢子。香噴噴在家裡。臭烘烘在外頭。盆兒罐兒都有耳躲。你有要沒緊。和這小廝纏甚麼。教奴才們背地排說的碎死了。常言道。男兒沒信。寸鐵無鋼。女人無性。爛如麻糖。其身正。不令而行。其身不正。雖令不行。你有長俊正條。肯教奴才排說你。在我跟前說了幾遍。我不信。今日親眼看見。說不的了。我今日說過。要你自家立志。替漢子爭氣。像我進香去兩番三次。被強人擄掠逼勒。若是不正氣的。也來不到家了。金蓮吃月娘數說。羞的臉上紅一塊。白一塊。口裡說一千個沒有。只說我在樓上燒香。陳姐夫自去那邊尋衣裳。誰和他說甚話來。當下月娘亂了一回。歸後邊去了。晚夕西門大姐在房內。又罵經濟賊囚根子。敢說又沒真贓實犯。拿住你。你還那等嘴巴巴的。今日兩個又在樓上做甚麼。說不的了。兩個弄的好碎兒、只把我合在缸底下一般、那淫婦要了我漢子。還在我根前拿話兒拴縛人。毛司裡磚兒。又臭又硬。恰似強伏着那個一般。他便羊角葱。靠南墻、老辣已定、你還在這屋裡雌飯吃。經濟罵道。淫婦你家收着我銀子。我雌你家飯吃。使性往前邊來了。自此已後、經濟只在前邊、無事不敢進入後邊來取東取西。只是玳安平安兩個往樓上取去。每日飯食晌午還不拿出來。把傅夥計餓的。只拿錢街上盪麪吃。正是龍鬭虎爭。苦了小獐。各處門户。日頭半天老早關了。由是與金蓮兩個恩情又間隔阻了。經濟那邊陳宅房子、一向教他母舅張團練看守居住。張團練革任在家閒住、經濟早晚往那裡吃飯去。月娘亦不追問。兩個隔別。約一月不得會面。婦人獨在那邊。挨一日。似三秋。過一宵。如半夏。怎禁這空房寂靜。慾火如蒸。要見他一面。難上之難。兩下音信不通。這經濟無門可入。忽一日見薛嫂兒打門首所過。有心要托他寄一紙柬兒。到那邊與金蓮。訴其間阻之事。表此肺腑之情。一日推門外討帳。騎頭口逕到薛嫂家。拴了騾子。掀簾便問薛媽在家。有他兒子薛紀媳婦兒金大姐抱孩子在炕上。伴着人家賣的兩個使女。聽見有人叫薛媽。出來問是誰。經濟道。是我。問薛媽在家不在。金大姐道。姑夫請家來坐。俺媽往人家兌了頭面。討銀子去了。有甚話說。使人叫去。連忙點茶與經濟吃。少坐片時。只見薛嫂兒來了。同經濟道了萬福。說姑夫那陣風兒吹來我家。叫金大姐倒茶與姑夫吃。金大姐道。剛纔吃了茶了。經濟道。無事不來。如此這般與我五娘勾搭日久。今被秋菊丫頭戳舌。把俺兩個姻緣拆散。大娘與大姐甚是踈淡我。我與六姐拆散不開。二人離別日久。音信不通。欲稍寄數字進去與他。無人得到內裡。須央及你。如此這般。通個消息。向袖中取出一兩銀子來。這些微禮。權與薛媽買茶吃。那薛嫂一聞其言。拍手打掌笑起來。說道誰家女婿戲丈母。世間那裡有此事。姑夫你實對我說。端的你甚麼得手來。經濟道。薛媽禁聲。且休取笑。我有這柬帖封好在此。好歹明日替我送與他去。薛嫂一手接了。說你大娘從進香回來。我還沒看他去。兩當一節。我去走走。經濟道。我在那裡討你信。薛嫂道。往鋪子裡尋你回話。說畢。經濟騎頭口來家。次日卻說薛嫂提着花箱兒先進西門慶家。上房看月娘。坐了一回。又到孟玉樓房中。然後纔到金蓮這邊。金蓮正放卓兒吃粥。春梅見婦人悶悶不樂。說道娘你老人家也少要憂心。仙姑。人說日日有夫。是非來入耳。不聽自然無。古昔仙人。還有小人不足之處。休說你我。如今爹也沒了。大娘他養出個墓生兒來。莫不也來路不明。他也難管我你暗地的事。你把心放開。料天塌了。還有撑天大漢哩。人生在世。且風流了一日是一日。于是篩上酒來。遞一鍾與婦人。說娘且吃一杯兒暖酒。解解愁悶。因見堦下兩隻犬兒交戀在一處。說道畜生。尚有如此之樂。何況人而反不如此乎。正飲酒。只見薛嫂來到。向前道了萬福。笑道你娘兒兩個好受用。因觀二犬恋在一處。笑道你家好祥瑞。你娘兒們看着。怎不解許多悶。于是道。又道個萬福。婦人道那陣風兒今日刮你來。怎的一向不來走走。一面讓薛嫂坐。薛嫂兒道我鎮日不知幹的甚麼。只是不得閒。大娘頂上進了香。看着他劉纔好不惟我西房三娘也在根前。留了我兩對翠花。一對大翠圍髮。好快性。就秤了八錢銀子與我。只是後邊住的雪娘。從八月裡要了我二對線花兒。該二錢銀子來。一些沒有支用着。白不與我。好慳吝的人。我對你說怎的不見你老人家。婦人道。我這兩日身子有些不快。不曾出去走動。春梅一面篩了一鍾酒。遞與薛嫂兒。薛嫂連忙道萬福。說我進門就吃酒。婦人道。你到明日養個好娃娃。薛嫂兒道。我養不的。俺家兒子媳婦兒金大姐。到新添了個娃兒。纔兩個月來。又道你老人家沒了爹。終久這般冷清清了。婦人道。說不得、有他在好了。如今弄得俺娘兒們。一折一磨的。不瞞老薛說、如今俺家中人多舌頭多。他大娘自從有了這孩兒。把心腸兒也改變了。姊妹不似那咱親熱了。這兩日一來我心裡不自在。二來因些閒話。沒曾往那邊去。春梅道。都是俺房裡秋菊這奴才。大娘不在。霹空架了俺娘一篇是非。把我也扯在裡面。好不亂哩。薛嫂道。就是房裡使的。那大姐他怎的倒弄主子。白穿青衣。抱黑柱。這個使不的。婦人使春梅你瞧瞧那奴才。只怕他來覷聽。春梅道他在廚下揀米哩。這破包簍奴在這屋就是走水的槽。單管屋裡事兒往外學舌。薛嫂道。這裡沒人。咱娘兒們說話。直道昨日陳姐夫。到我那裡。如此這般告訴我。乾淨是他戳犯你們的事兒了。陳姐夫說他大娘數說了。他各處門戶都

緊了。不託他進來取衣裳。拿藥材。又把大姐搬進東廂房裡住
每日晌午還不拿飯出去與他吃。餓的他只往他母舅張老爹
那裡吃去。一個親女婿不托他。到托小廝。有這個道理。他有好
一向沒得見你老人家。巴巴央及我。稍了個柬兒。多多拜上你
老人家。少要焦心。左右爹也是沒了。爽利放倒身大做一做。怕
怎的。點根香怕出烟兒。放把火倒也罷了。于是取出經濟封的
柬帖兒遞與婦人。拆開觀看。別無甚話。上寫紅綉鞋一詞。

祆廟火燒皮肉。藍橋水渰過咽喉。緊按納風聲滿南州。畢了。
終是染污成就了。倒是風流。不甚麼也是有。

六姐粧次　　　下書經濟百拜上

婦人看畢。收了入袖中。薛嫂兒道。他教你回個記色與他。寫幾

個字兒稍了去。方信我送的有個下落。婦人教春梅陪着薛嫂吃酒。他進入房半晌。拿了一方白綾帕。一個金戒子兒。帕兒上也寫着一詞在上。說道。

我爲你躭驚受怕我爲你折挫渾家。我爲你脂粉不曾搽。我爲你在人前拋了些些兒見識。我爲你奴婢上使了些些鍬筏。咱兩個一雙憔悴殺。

婦人寫了。封得停當。交與薛嫂。便說你上覆他。教他休要使性兒。往他母舅張家那裡吃飯。惹他張舅唇齒。說你在丈人家做買賣。却來我家吃飯。顯得俺們都是沒處活的一般。教他張舅恠。或是未有飯吃。教他舖戶裡拿錢。買些些點心和夥計吃便了。你使性兒不進來。和誰賭鱉氣哩。却是賊人胆兒虛一般。薛嫂道。等我對他說。婦人又與薛嫂五錢銀子。作別出門。來到前邊鋪子裡。尋見經濟。兩個走到僻靜處說話。把封的物事遞與他。五娘說教他休使性兒賭虌氣。教他常進來走走。休往你張舅家吃飯去。惹人家怪。因拿出五錢銀子與他瞧。此是裡面與我的。漏眼不藏絲。久後你兩個愁不會在一答裡。對出來。我臉放在那裡。經濟道。老薛。多有累你。深深與他唱喏。那薛嫂走了兩步又回來。說我險些忘了一件事。剛纔我出來。大娘又使了頭綉春叫進我去。叫我晚上來領春梅。要打發賣他。說他與你們做牽頭。和他娘通同養漢。敢就因這件事。經濟道。薛媽你只個領在家。我改日到你家見他一面。有話問他。那薛嫂說畢。回家去了。果然到晚夕月上的時分走到。領春梅到月娘房中。月娘開口說那咱原是你手裡十六兩銀子買的你如今拿十六兩銀子來就是了分付小王你看着到前邊收拾了教他罄身兒出去休要他帶出衣裳去了那薛嫂兒到前邊向婦人如此這般他大娘教我領春梅姐來了對我說他與你老人家通同作弊偷養漢子不管長短只問我要原價婦人聽見說領賣春梅就睜了眼半日說不出話來不覺滿眼落淚叫道薛嫂兒你看我娘兒兩個沒漢子的好苦也今日他死了多少時兒就打發他身邊人他大娘這般沒人心仁義自恃他身邊養了個尿胞種就放人踹到泥裡李瓶兒孩子週半還死了哩花巴痘疹未出赤道天怎麼筭計就心高遮了太陽薛嫂道孩兒出了痘疹了沒曾婦人道何曾出來了還不到一週兒哩薛嫂道春梅姐

說爹在日。曾收用過他。婦人道。收用過二字兒。死鬼把他當心肝肺腸兒。一般看待。說一句聽十句。要一奉十。正經成房立紀老婆且打靠後。他要打那個小厮十棍兒他爹不敢打五棍兒。薛嫂道可又來。大娘差了。爹收用的恁個出色姐兒打發他。箱籠兒也不與。又不許帶一件衣服兒。只教他整身兒出去。鄰舍也不好看的。婦人道。他對你說。休教帶出衣裳去。薛嫂道。大娘分付小玉姐便來教他看着休教帶衣裳出去。那春梅在傍聽見打發他一點眼淚也沒有見婦人哭。說道娘你哭怎的。奴去了你耐心兒過。休要思慮壞了。你思慮出病來。沒人知你疼熱的。等奴出去。不與衣裳也罷。自古好男不吃分時飯。好女不穿嫁時衣。正說着。只見小玉進來。說道五娘你信我奶奶。倒三顛

（有志氣姐兒豈見[illegible][illegible]）

四的。小大姐扶持你老人家一場。瞞上不瞞下。你老人家拿出他箱子來。揀上色的包與他兩套。教薛嫂兒替他拿了去。做個忆念兒也是他番身一場。婦人道。好姐姐。你到有點仁義。小玉道。你看誰人保得常無事。蝦蟇促織兒都是一鍬土上人。兎死狐悲。物傷其類。一面拿出春梅箱子來。是戴的汗巾兒翠簪兒都教他拿去。婦人揀了兩套上色羅叚衣服鞋脚。包了一大包。婦人梯已與了他幾件釵梳簪墜戒子。小玉也頭上拔下兩根簪子來。遞與春梅。餘者珠子纓絡銀絲雲髻。遍地金粧花裙襖。一件兒沒動。都擡到後邉去了。春梅當下拜辭。婦人小玉灑淚而別。臨出門。婦人還要他拜辭拜辭月娘。衆人只見小玉搖手兒。這春梅跟定薛嫂。頭也不回。揚長决裂。出大門去了。小玉和婦人送出大門回來。小玉到上房回大娘。只說罄身子去了。衣服都留下沒與他。這金蓮歸進房中。往常有春梅娘兒兩個相親相熱說知心話兒。今日他去了。丟得屋裡冷冷落落。甚是孤恓。不覺放聲大哭。有詩爲証

耳畔言猶在　于今恩愛分
房中人不見　無語自消魂

畢竟未知後來如何且聽下回分解

第八十六回

雪娥唆打陳敬濟

金蓮解渴王潮兒

第八十六回

雪娥唆打陳經濟　王婆售利嫁金蓮

人生雖未有十全　處事規模要放寬
好事但看君子語　是非休听小人言
但看世俗如幻戲　也畏人心似隔山
寄與知音女娘道　莫將苦處認爲甜

話說潘金蓮。自從春梅出去。房中納悶不題。单表陳經濟次日。早飯時出去。假作討帳。騎頭口到於薛嫂兒家。薛嫂兒正在屋裡一面讓進來坐。經濟拴了頭口。進房坐下。點茶吃了。春梅在裡間屋裡不出来。薛嫂故意問。姐夫来有何話說。經濟道。我往前街討帳。竟到這裡。昨晚小大姐出来了。在你這裡。薛嫂道。是在我這裡還未上王兒哩經濟道在這裡我要見他和他說句話兒薛嫂故作喬張致說好姐夫昨日你家丈母好不分付我因為你們通同作弊弄出醜事來纔被他打發出門教我防範你們休要與他會面說話你還不趁早去哩只怕他一時使將小厮來看見到家學了又是一場兒倒役的弄的我也上不的門那經濟便笑嘻嘻袖中拏出一两銀子来權作一茶你且收了改日還謝你那薛嫂見錢眼開說道好姐夫自恁没錢使將来謝我只是我去年臘月你鋪子當了人家兩付扣花枕頂將有一年来本利該八錢銀子你討與我罷經濟道這个不打緊明日就尋與你這薛嫂兒一面請經濟裡間房裡去與春梅厮見一面叫他媳婦金大姐定菜兒我去買茶食點心又打了一

壺酒。并肉鮓之類。教他二人吃。這春梅看見經濟。說道姐夫你好人兒。就是个弄人的劊子手。把俺娘兒兩个。弄的上不上下不下。出醜惹人嫌。到這步田地。經濟道。我的姐姐。你既出了他家門。我在他家也不久了。妻兒趙迎春。各自尋投奔。你教薛媽替你尋个好人家去罷。我醃韮已是入不的畦了。我往東京俺父親那裡去。討較了回來。把他家女兒休了。只要我家寄放的箱子。說畢。不一時。薛嫂買將茶食酒菜來。放炕桌兒擺了。兩个做一處飲酒敘話。薛嫂也陪他吃了兩盞。一遞一句。說了回月娘心狠。宅裏恁个出色姐兒出來。通不與一件兒衣服簪環。就是往人家上主兒去。裝門面也不好看。還要舊時原價。就是清水這碗裏。傾倒那碗內。也抛撒些兒。原来這等夾腦風。臨時出門倒虧了小玉丫頭做了個分上教他娘拏了两件衣服與他不是往人家相去拏甚麽做上盖比及吃得酒濃時薛嫂教他媳婦金大姐抱孩子躲去人家坐的教他兩個在裏間自在坐个房兒正是

雲淡淡天邊鸞鳳　水沉沉波底鴛鴦
寫成今世不休書　結下来生懽喜帶

两个幹訖一度作別比時難割難捨薛嫂恐怕月娘使人來瞧連忙攛掇經濟出港騎上頭口来家遲不上两日經濟又稍了两方銷金汗巾两雙膝褲與春梅又尋枕頂出來與薛嫂兒拏銀子打酒在薛嫂兒房內正和春梅吃酒不想月娘使了來安小廝來來催薛嫂兒怎的還不上主兒看見頭口拴在門首來

安兒到家學了舌。說姐夫也在那裏來。這月娘听了。心中大怒使人一替兩替。叫了薛嫂兒去。盡力數說了一頓。[illegible]領了奴才去。今日推明日。明日推後日。只顧不上緊替我打發。好窩藏着養漢。挣錢兒與你家使。若是你不打發。把丫頭還與我領了來。我另教馮媽媽子賣。你再休上我門來。這薛嫂兒听了。到底還是媒人的嘴。恨不的生出七八个口來。說道。天麼天麼。你老人家惟我差了。我赶着增福神着棍打。你老人家照顧我。怎不打發。昨日也領着走了兩三個主兒。都出不上。你老人家要六十兩原價。俺媒人家那裏有這些二銀子陪上。月娘又道。小厮說陳家種子。今日在你家和丫頭吃酒來。薛嫂慌道。耶嚛耶嚛。又是一場兒。還是去年臘月。當了人家兩付枕頂。在咱家獅子鋪內。

銀子收了。今日姐夫送枕頭與我。我讓他吃茶。他不吃。忙忙就上頭口來了。幾時進屋裏吃酒來。原來咱家這大官兒恁快搗謊駕舌。月娘吃他一篇。說的不言語了。說道。我只怕一時被那種子設念。隨那差了念頭。薛嫂道。我是三歲小孩兒。豈可恁些事兒不知道。你那等分付了我。我長吃好。短吃好。他在那裏也沒得久停久坐。與了我枕頭茶也沒吃就來了。幾曾見咱家小大姐面兒來。萬物也要個真實。你老人家就上落我起來。既是如此。如今守備周爺府中。要他圖生長。只出十二兩銀子。看他若添到十三兩上。我兌了銀子來罷。說起來守備老爺前者在咱家酒席上。也曾見過小大姐來。因他會這幾套唱。好模樣兒。纔出這幾兩銀子。又不是女兒。其餘別人出不上。出不上。這薛嫂當下和月娘砧死了價錢。次日早把春梅收拾打扮。粧點起來。戴着圍髮雲髻兒。滿頭珠翠。穿上紅段袄兒。下着藍段裙子。脚上雙彎尖趫趫。一頂轎子。送到守備府中。周守備見了春梅。生的模樣兒。比舊時越又紅又白。身段兒不短不長。一對小脚兒滿心歡喜。就兑出五十兩一錠元寶來。這薛嫂兒拏來家。鑿下十三兩銀子。往西門慶家交與月娘。另外又拏出一兩來。說是周爺賞我的喜錢。你老人家這邊不與我些兒。那吳月娘只得免不過。又秤出五錢銀子與他。恰好他還禁了三十七兩五錢銀子。十個九個媒人。都是如此轉錢養家。却表陳經濟見賣了春梅。又不得往金蓮那邊去。見月娘凡事不理他。門戶都嚴緊。到晚夕親自出來。打燈籠前後照看了。方纔閑後邊儀門夜裏上鎖。方纔睡去。因此弄不得手脚。十分急了。先和西門大姐。嚷了兩塲。淫婦前淫婦後罵大姐。我在你家做女婿。不道的雖飯吃吃傷了。你家都收了我許多金銀箱籠。你是我老婆。不顧贍我。反說我雖你家飯吃。我白吃你家飯來。罵的大姐只是哭涕。十一月廿七日。孟玉樓生日。玉樓安排了幾碟酒菜點心。好意教春鴻拿出前邊鋪子。教經濟陪付夥計吃。月娘便攔說。他不是才料。休要理他。要與付夥計。自與付夥計自家吃就是了。不消叫他。玉樓不肯。春鴻拿出來。擺在水櫃上。一大壺酒。都吃不勾。又使來安兒後邊要去。付夥計便說。姐夫不消要酒去了。這酒勾了。我也不吃了。經濟不肯。定教來安要去。等了半晌。來安兒出來。回說沒了酒了。這陳經濟也有半酣酒兒在肚內。經

濟又使他要去那來安不動又另拏錢打了酒來吃着罵來安
兒賊小奴才兒你別要慌你主子不待見我連你這奴才們也
欺負我起來了使你使兒不動我與你家做女婿不道的酒肉
吃傷了有爹在怎麽行來今日爹没了就改變了心腸把我來
不理都亂來擠撮我我大丈毋听信奴才言語反防範我起來
凡事托奴才不托我由他我好耐驚耐怕兒付夥計勸道好姐
夫快休舒言不敬奉姐夫再敬奉誰想必後邊惱怎不與姐夫
吃你罵他不打緊墻有縫壁有耳恰似你醉了一般經濟道老
夥計你不知道我酒在肚裏事在心頭俺丈毋听信小人言語
駕我一篇是非就筭我合了人人没合了我好不好我把這一
屋子裏老婆都刮刺了到官也只是後丈毋通奸論個不應罪

名。如今我先把你家女兒休了。然後一紙狀子。告到官。再不。東京萬壽門進一本。你家見收着我家許多金銀箱籠。都是楊戩應沒官贓物。好不好。把你這幾間業房子。都抄沒了。老婆便當官辦賣。我不圖打魚。只圖混水耍子。會事的。把俺女婿須收籠着。照舊看待。還是大鳥便益。付夥計見他話頭兒來的不好。說道姐夫你原來醉了。王十九。自吃酒。且把散話革起。這經濟睁眼瞧着付夥計便罵賊老狗。怎的說我散話揭起我醉了。吃了你家酒了。我不才是他家女婿嬌客。你無故只是他家行財。你也擠撮我起來。我教你這老狗別要慌。你這幾年轉的俺丈人錢勾了。飯也吃飽了。心裡要打夥兒把我疾發了去。要獨權兒做買賣。好禁錢養家。我明日本狀也帶你一筆。教他打官司。那什夥計最是個小膽兒的人。見頭勢不好。穿上衣裳悄悄往家。一溜烟走了。小厮收了家活後邊去了。經濟倒在炕上睡下一宿。晚景題過。次日付夥計早辰進後邊見月娘把前事具訴一遍哭哭啼啼。要告辭家去。交割帳目。不做買賣了。月娘便勸道。夥計你只安心做買賣休要理那潑才料。如臭屎一般丟着他。當初你家為官事投到俺家來權住着。有甚金銀財實也只是大姐幾件粧奩隨身箱籠。你家老子。便躲上東京去了。教俺家那一個不恐怕小人不足晝夜耽憂的那心。你來時纔十六七歲。黃毛團兒也一般。也虧在丈人家養活了這幾年。調理的諸般買賣兒都會。今日翅膀毛兒乾了。反恩將仇報一掃箒掃的光光的小孩兒家說話欺心。恁沒天理到明日只天照看他夥討你自安心。做你買賣。休理他便了。他自然也羞。一面把付夥計安撫住了不題。一日也是合當有事。印子鋪擠着一屋裡人。贖討東西。只見奶子如意兒抱着孝哥兒。送了一壺茶來。與付夥計吃。放在卓上。孝哥兒在奶子懷裡。哇哇的只管哭。這陳經濟對着那些人。作耍當真說道。我的哥哥乖乖兒。你休哭了。向衆人說。這孩子倒相我養的。依我說話。教他休哭。他就不哭了。那些人就呆了。如意兒說。姐夫你說的好妙話兒。越發叫起兒來了。看我進房裏說不說。這陳經濟趕上。踢了奶子兩脚。戲罵道。怪賊邋遢。你說不是。我且踢個响屁股兒着。那奶子抱孩子走到後邊。如此這般。向月娘哭說。經濟對衆人將哥兒這般言語發出來。這月娘不听便罷。听了此言。正在鏡臺邊梳着頭。半

且說不出話來。往前一撞。就昏倒在地。不省人事。但見
荆山玉損。可惜西門慶正室夫妻。寶鑑花殘。枉費九十月東君匹配。花容淹淡。猶如西園芍藥倚朱欄。檀口無言。一似南海觀音來入定。小園昨日春風急。吹折江梅就地拖
慌了小玉。叫將家中大小。扶起月娘來炕上坐的。孫雪娥跳上炕撅救了半日。舀姜湯灌下去。半日甦醒過來。月娘氣堵心胷。只是哽咽。哭不出聲來。奶子如意兒對孟玉樓孫雪娥說。經濟對衆人將哥兒戲言之事。說了一遍。我好意說他。又趕着我踢了兩脚。把我也氣的發昏在這裏。雪娥扶着月娘。待的衆人散去。悄悄在房中。對月娘說。娘也不消生氣。氣的你有些好歹。越發不好了。這小厮因賣了春梅。不得與潘家那淫婦弄手脚。纔

發出話來。如今一不做。二不休。大姐已是嫁出女。如同賣出田
一般。咱顧不的他這許多。常言養蝦蟆得水蠱兒病。只顧教那
這小廝在家裏做甚麽。明日哄賺進後邊。老實打與他一頓。即
時趕離門。教他家去。然後叫将王媽媽子來。是是非人去時是
非者。把那淫婦教他領了去。變賣嫁人。如同[redacted]臭屎。掠将出
去。一天事都没了。平空留着他在屋裏做甚麽。到明日没的把
咱們。也扯下水去了。月娘道。你說的也是。當下計議已定了。到
次日飯時已後。月娘埋伏下丫鬟媳婦七八個人。各拏短棍棒
槌。使小廝來安兒。誰進陳經濟來後邊。只推說話。把儀門關了。
教他當面跪着。問他你知罪麽。那陳經濟也不跪。還似每常臉
兒高揚。月娘便道有長詞爲証

起初時。月娘不觸犯。龐兒變了。次則陳經濟。耐搶白。臉而揚着。不消你枉話兒絮叨叨。須和你討個分曉。月娘道。此是你丈人深宅院。又不是麗春院。鶯燕巢。你如何把他婦女廝調。他是你丈人愛妾。寡居守孝。你因何把他戲嘲。也有那沒廉恥斜皮。把你刮剌上了。自古毋狗不掉尾。公狗不跳槽。都是些些污家門罪犯難饒。陳經濟道。閃出殘縛鍾馗毋妖。你做成這慣打姦夫的圈套我臀尖難禁這頓拷。梅香休鬧。大娘休焦。險些些不大提無情打折我腰。月娘道。賊才料。你還敢嘴兒挑。常言水厚三不是一日惱。最恨無端難恕饒。虧你呵。再倘着筒兒蕭棒剪稻。你再敢不敢。我把你這短命王鸞鴛兒剮了。教你直孤到老當下月娘率領雪娥。并來興兒媳婦來昭妻一丈青。中秋兒。小玉綉春。衆婦人。七手八脚。按下地下。拏棒槌短棍。打了一頓。西門大姐。走過一邉。也不來救。打的這小厮兒急了。把褲子脫了。露出那直竪一條棍來。諕的衆婦女看見。都丟下棍棒乱跑了。月娘又是那惱又是那笑。口裡罵道好個没根基的王八羔子。經濟口中不言。心中暗道。若不是我這個好法兒。怎得脫身。於是扒起來。一手揝着褲子。往前走了。月娘隨令小厮跟隨。教他筭帳。交與傅夥計。經濟自然也有立不住。一面收拾衣服鋪蓋。也不作辭。使性兒一直出離西門慶家。逕往他毋舅張團練住的他舊房子內住去了。正是

自古感恩并積恨　萬年千載不成塵

潘金蓮在房中听見。打了經濟。赶離出門去了。越發憂上加憂。悶上添悶。一日月娘听信雪娥之言。使玳安去叫王婆子來。那王婆自從他兒子王潮兒跟淮上客人。拐了起車的一伯兩銀子來家。得其發跡。也不賣茶了。買了兩個驢兒安了盤磨。一張羅櫃。開起磨房來。听見西門慶宅裡叫他。連忙穿衣就走。到路上問玳安說。我的哥哥幾時沒見你。又早籠起頭去了。有了媳婦兒不曾。玳安道。還不曾有哩。王婆子道。你爹沒了。你家誰人請我做甚麼。莫不是你五娘養了兒子了。請我去抱腰。玳安道。俺五娘倒沒養兒子。倒養了女婿。俺大娘請你老人家領他出來嫁人。王婆子道。天麼天麼。你看麼。我說這淫婦。死了你爹。原守着不住。只當狗改不了吃屎。就弄磣兒來了。就是你家大姐。那女婿子他姓甚麽玳安道他姓陳名喚陳經濟王婆子道想着去年我爲何老九的去央煩你爹到宅內你爹不在賊淫婦他就沒留我房裡坐坐兒折針也迸不出個來只叫了頭倒了一鍾清茶我吃了出來了我只道千年萬歲在他家如何今日也還出來好個狠家子淫婦休說我是你個學主替你作成了恁好人家就是世人進去也不該那等大意玳安道爲他和俺姐夫在家裡毆作攘亂昨日差些兒沒把俺大娘氣殺了哩俺姐夫已是打發出去了只有他老人家如今教你領他去哩王婆子道他原是轎兒來少不得還叫頂轎子他也有個箱籠來這裡少不的也與他個箱子兒玳安道這個少不的俺大娘他有個處兩個說話中間到與西門慶門首進入月娘房裡道了萬

福坐下。丫鬟拿茶吃了。月娘便道。老王無事不請你來。悉把潘
金蓮如此這般。上項說了一遍。今未是是非非人去是是非者
一客不煩二主。還起動你領他出去。或聘嫁。或打發。教他乞自
在飯去罷。我男子漢已是沒了。招攬不過這些人來。說不的。當
初效鬼。為他丟了許多錢底那話了。就打他恁個銀人兒也有。
如今隨你聘嫁多少兒。教得來我替他篸念個經兒也是一場
勾當。王婆道。你老人家是稀罕這錢的。只要把禍害離了門就
是了。我知道。我也不肯差了。又道今日好日。就出去罷。又一件
他當初有個箱籠兒。有頂轎兒來。也少不的與他頂轎兒坐了。
去。月娘道。箱子與他一個轎子不容他坐。小玉道。俺奶奶氣頭
上。便是這等說到臨岐。少不的顧頂轎兒。不然街坊人家看着

抛頭露面的不乞人咲話。月娘不言認了。一面使丫鬟綉春。前邊叫金蓮來。這金蓮一見王婆子在房裡。就睁了。向前道了萬福坐下。王婆子開言便道。你快收拾了。剛纔大娘說。教我今日領你出去哩。金蓮道。我漢子死了多少時兒。我爲下甚麽非。作下甚麽歹來。如何平空打發我出去。王婆道。你休稀里打哄。做啞裝聾。自古蛇鑽窟礲蛇知道。各人幹的事兒各人心裡明。金蓮。你休呆裡撒奸。兩頭白面。說長并道短。我手裡使不的你巧語花言。幫閑鑽懶。自古沒個不散的筵席。出頭椽兒先朽爛。人的名兒。樹的影兒。蒼蠅不鑽沒縫兒彈。你休把養漢當飯。我如今要打發你上陽闗。金蓮道。你打人休打臉。罵人休揭短。常言一雞死了一雞鳴。誰打羅。誰吃飯。誰人常把鐵箍子戴。那個長將薦篾兒支着眼為人還有相逢處樹葉兒落還到根邊你休要把人赤手空拳往外攢是非莫听小人言正是女人不穿嫁時衣男兒不吃分時飯自有徒牢話歲寒當下金蓮與月娘亂了一回月娘到他房中打點與了他兩個箱子一張抽替卓兒四套衣服幾件釵梳簪環一床被褥其餘他穿的鞋脚都填在箱內把秋菊叫得後邊來一把鎖把他房門鎖了金蓮穿上衣服拜辭月娘在西門慶灵前大哭了一場又走到孟玉楼房中也是姊妹相處了一場一旦分離兩个落了一回眼淚玉楼悄悄瞞着月娘與了他一對金碗簪子一套翠藍段襖紅裙子說道六姐奴與你離多會少了你看個好人家往前進了罷自古道千里長蓬也沒個不散的筵席你若有了人家使人來對奴說

聲。奴往那裡去。順便到你那裡看你去。也是姊妹情腸。於是洒淚而別。臨出門。小玉送金蓮。悄悄與了金蓮。兩根金頭簪兒。金蓮道。我的姐姐。你倒有一點人心兒在。我上轎子。在大門首。王婆又早顧人。把箱籠卓子。抬的先去了。獨有玉樓小玉。送金蓮到門首。坐上轎子纔回。正是

世上萬般哀苦事　除非死別共生離

却說金蓮到王婆家。王婆安插他在裏間。晚夕同他一處睡。他兒子王潮兒。也長成一條大溪。籠起頭去了。還未有妻室。外間支着床子睡。這潘金蓮次日依舊打扮。喬眉喬眼。在簾下看人。無事坐炕炕上。不是描眉畫眼。就是彈弄琵琶。王婆不在。就和王潮兒鬭葉兒下棋。那王婆自去掃麩喂養驢子。不去管他。朝

來暮去。又把王潮兒刮刺上了。晚間等的王婆子睡着了。婦人推下炕溺尿。走出外間床子上。和王潮兒兩個幹。搖的床子一片响聲。被王婆子醒來听見。問那裡响。王潮兒道。是櫃底下猫捕的老鼠响。王婆子睡夢中。喃喃吶吶。口裡說道。只因有這些麩麫在屋裡。引的這扎心的半夜三更耗爆人。不得睡。良久又听見動旦揺的床子格支支响。王婆又問那裡响。王潮道。是猫咬的老鼠鑽在坑洞底下嚼的响。婆子側耳。果然听見猫在炕洞裡狠虎。方纔不言語了。婦人和小廝幹事。依舊悄悄上炕睡去了。有幾句雙關。說得這老鼠好。

你身軀兒小。膽兒大。嘴兒尖。忒潑皮。見了人藏藏躲躲。耳邊廂叫叫唧唧。攪混人半夜三更不睡。不行正人倫。偏好鑽穴隙。更有一庄兒不老實。到底改不了偷饞抹嘴。
有日陳經濟打听得金蓮出來。還在王婆子家聘嫁。提着兩弔
銅錢。帶着銀錢。走到王婆子家來。婆子正在門前掃驢子撒下
的糞。這經濟向前。深深地唱個喏。婆子問道。哥哥你做甚麼。經
濟道。請借裡邊說話。王婆便讓進裡面。經濟揭起眼紗。便道動
問西門大官人宅内。有一位娘子潘六姐。在此出嫁。王婆便道
你是他甚麼人。那經濟嘻嘻咲道。不瞞你老人家說。我是他兄
弟。他是我姐姐。那王婆子眼上眼下。打量他一回。說他有甚兄
弟。我不知道。你休哄我。你莫非不是他家女婿姓陳的。來此處
撞蘇子。我老娘手裡放不過。經濟笑向腰裡。解下兩弔銅錢來
放在面前。說這兩弔錢權作王奶奶一茶之費。教我且見一、面

改日還重謝你老人家。婆子見錢越發喬張致起來。便道休說謝的話。他家大娘子分付將來。不教閑雜人來看。他咱放倒身說話。你既要見這雌兒一面。與我五兩銀子。見兩面與我十兩。你若要他。便與我一百兩銀子。我的十兩媒人錢在外。我不管閑帳。你如今兩串錢兒。打水不渾的做甚麽。經濟見這虔婆口硬不收錢。又向頭上拔下一對金頭銀脚簪子。重五錢。殺雞扯腿跪在地下。說道。王奶奶。你且收了。容日再補一兩銀子來與你。不敢差了。且容我見他一面。說些話兒。則個。那婆子於是收了。他簪子和錢。分付你進去見他。說了話。就與我出來。不許你涎眉睜目。只顧坐着。所許那一兩頭銀子。明日就送來與家。於是撒簾放經濟進裡間。婦人正坐在炕邊納鞋。看見經濟。放下鞋扇。會在一處埋怨經濟。你好人兒。弄的我前不着村。後不着店。有上稍。沒下稍。出醜惹人嫌。你就影兒不見。不來看我看兒了。我娘兒們好好兒的。拆散開你東我西。皆因是爲誰來。說着扯住經濟。只顧哭泣。王婆又嗔哭。恐怕有人听見。經濟道。我的姐姐。我爲你剮皮割肉。你爲我受氣耽羞。怎不來看你。昨日到薛嫂兒家。已知春梅賣在守備府裡去了。又打听你出離了他家門。在王奶奶這邊聘嫁。今日特來見你一面。和你計議。咱兩個恩情難捨。拆散不開。如之柰何。我如今要把他家女兒休了。問他要我家先前寄放金銀箱籠。他若不與我。我東京萬壽門一本一狀進下來。那時他雙手奉與我。還是遲了。我暗地裡假名托姓。一頂轎子。娶到你家去。咱兩個永遠團圓。做上個夫妻。

有何不可。婦人道。現今王乾娘要一百兩銀子。你有這些銀子
與他。經濟道。如何要這許多。婆子說道。你家大丈母說。當初你
家爹。為他打個銀人兒也還多。定要一百兩銀子。少一絲毫也
成不的。經濟道。實不瞞你老人家說。我與六姐打得熱了。拆散
不開。看你老人家下顧。退下一半兒來。五六十兩銀子也罷。我
往張舅那里。典上兩三間房子。要了六姐家去。也是春風一度。
你老人家少轉些些兒罷。婆子道。休說五十兩銀子。八十兩也輪
不到你手裡了。昨日湖洲販紬絹何官人。出到七十兩。大街坊
張二官府。如今見在提刑院掌刑。使了兩個節級來。出到八十
兩上。拏着兩封銀子來兌。還成不的。都回去了。你這小孩兒家
空口來說空話。倒還敢奚落老娘。老娘不道的吃傷了哩。當下

一陣走出街上。大嚷喝說。誰家女婿。要娶丈母。還來老娘屋裡放屁。這經濟慌了。一手扯進婆子來。雙膝跪下。央及王奶奶禁聲。我依了奶奶價值一百兩銀子罷。爭奈我父親在東京。我明日起身。往東京取銀子去。婦人道。你既為我一塲。休與乾娘爭執。上緊取去。只恐未遲了。則人要了奴去了。就不是你的人了。經濟道。我顧上頭口。連夜兼程。多則半月。少則十日就來了。婆子道。常言先下來先食飯。我的十兩銀子在外。休要少了。我的說明白着。經濟道。這個不必說。恩有重報。不敢有忘。說畢。經濟作辭出門。到家收拾行李。次日早顧頭口。上東京取銀子去。此這去正是

青龍與白虎同行　吉凶事全然未保

第八十七回　王婆子貪財忘禍

武都頭殺嫂祭兄

第八十七回

王婆子貪財受報　武都頭殺嫂祭兄

平生作善天加福　若是剛强定禍殃
舌爲柔和終不損　齒因堅硬必遭傷
杏桃秋到多零落　松柏冬深愈翠蒼
善惡到頭終有報　高飛遠走也難藏

話說陳經濟顧頭口起身叫了張團練一個伴當跟隨早上東京去不題却表吳月娘打發潘金蓮出門次日使春鴻叫薛嫂兒來要賣秋菊這春鴻正走到大街撞見應伯爵叫住問春鴻你往那裡去春鴻道家中大娘使小的叫媒人薛嫂兒去伯爵問叫媒人做甚麼春鴻道賣五娘房裡秋菊丫頭伯爵又問你

五娘爲甚麼打發出來。在王婆子家住。看説要尋人家嫁人。端的有此話麽。這春鴻便如此這般。因和俺姐夫有些〻説話。大娘知道了。先打發了春梅小大姐。然後打了俺姐夫一頓。趕出往家去了。昨日纔打發出俺五娘來。伯爵聽了。點了點頭兒。説道原來你五娘和你姐夫有楂兒。看不出人來。又向春鴻説。孩兒你爹已是死了。你只顧還在他家做甚麼。終是没出産。你心裡還要歸你南邊去。這裡尋個人家跟。罷心下如何。春鴻道。便是這般説。老爹已是没了。家中大娘好不嚴緊。各處買賣都收了。房子也賣了。琴童兒。畫童兒。多走了。也攬不過這許多人口來。小的待回南邊去。又没順便人帶去。這城内尋個人家跟。又没個門路。伯爵道。傻孩兒。人無遠見。安身不牢。千山萬水。又往南邊去做甚誰人帶去你肚裏會幾句唱愁這城內尋不出主兒來答應我如今舉保個門路與你如今大街坊張二老爹家有萬萬貫家財百間房屋見頂補了你爹在提刑院做掌刑千戶如今你二娘又在他家做了二房我把你送到他宅中答應他他見你會唱南曲管情一箭就上垜留下你做個親隨大官兒又不比在你這家裡他性兒又好年紀小小又倜儻又好愛好你就是個有造化的這春鴻扒到地下就磕了個頭有累二爹小的若見了張老爹得一步之地買禮與二爹磕頭伯爵一把手拉着春鴻說傻孩兒你起來我無有個不作成人的肯要你謝你那得錢兒來春鴻道小的去了只怕家中大娘找尋小的怎了伯爵道這個不打緊我問你張二老爹討個帖兒封一兩

銀子與他家他家銀子不敢受不怕把你不雙手兒送了去說畢春鴻往薛嫂兒家叫了薛嫂兒見月娘領秋菊出來只賣了五兩銀子交與月娘不在話下却說應伯爵領春鴻到張二官宅裡見了張二官見他生的清秀又會唱南曲就留下他答應使拏拜帖兒封了一兩銀子往西門慶家討他箱子那日吳月娘家中正陪雲離守娘子范氏吃酒先是雲離守襲過哥雲將叅將指揮補在清河左衛做同知見西門慶死了吳月娘守寡手裡有東西就安心有垂涎圖謀之意此日正買了八盤羮果禮物來看月娘見月娘生了孝哥范氏房內亦有一女方兩月兒要與月娘結親那日吃酒遂兩家割衫襟做了兒女親家留下一雙金環爲定禮聽見玳安兒拏進張二官府帖兒并一兩

銀子。說春鴻投在他家答應去了。使人來討他箱子衣服。月娘見他現做提刑官。不好不與他。銀子也不曾收。只得把箱子與將出來。初時應伯爵對張二官說西門慶第五娘子潘金蓮。生的標致。會一手琵琶。百家詞曲。雙陸象棋無不通曉。又會寫字。因爲年小守不的。又和他大娘子合氣。今打發出來。在王婆家聘嫁人。這張二官。一替兩替。使家人拏銀子往王婆家相看。王婆只推他大娘子分付。不倒口要一百兩銀子。那人來回籌了幾遍。還到八十兩上。王婆還不吐口兒。落後春鴻到他宅內。張二官聽見春鴻說。婦人在家養着女婿。因爲如此。打發出來。這張二官就不要了。對着伯爵說。我家現放着十五歲未出幼兒子。上學攻書。要這樣婦人來家做甚。又聽見李嬌兒說。金蓮當初用毒藥擺佈死了漢子。被西門慶占將來家。又偷小廝。把第六個娘子生了兒子。娘兒兩個。生生吃他害殺了。以此張二官就不要了。話分兩頭。却說春梅。賣到守備府中。守備見他生的標致伶俐。舉止動人。心中大喜。與了他三間房住。手下使一個小丫鬟。就一連在他房中歇了三夜。三日。替他裁了兩套衣裳。薛嫂兒去。賞了薛嫂五錢銀子。又買了個使女扶侍他。立他做二房。大娘子一目失明。吃長齋念佛。不管閑事。還有生姐兒孫二娘。在東廂房住。春梅在西廂房。各處鑰匙。都教他掌管。甚是寵愛他。一日聽薛嫂兒說。潘金蓮出來在王婆家聘嫁。這春梅晩夕。啼啼哭哭。對守備說。俺娘兒兩個。在一處廝守這幾年。他大氣兒不曾呵着我。把我當親女兒一般看承。自知拆散開了。

不想今日他也出來了。你若肯要將他來。俺娘兒們還在一處
過好日子。又說他怎的好模樣兒。諸家詞曲都會。又會彈琵琶
聰明俊俏。百伶百俐。屬龍的。今纔三十二歲兒。他若來。奴情願
做第三的也罷。於是把守備念轉了。使手下親隨張勝。李安。封
了兩方手帕。二錢銀子。往王婆家相看。果然生的好個出色的
婦人。王婆開口指稱他家大娘子。要一百兩銀子。張勝李安講
了半日。還了八十兩。那王婆還不肯。走來回守備。又添了五兩。
復使二人拏着銀子。和王婆子說。王婆子只是假推他大娘子
不肯。不轉口兒要一百兩。媒人錢要不要罷。天也不使空人這
張勝。李安。只得又拏回銀子來稟守備。丟了兩日。怎禁這春梅
晚夕。哭哭啼啼。好歹再添幾兩銀子。娶了來。和奴做伴兒。死也

甘心。守備見春梅只是哭泣。只得又差了大管家周忠。同張勝。李安。氈包內拏着銀子。打開與婆子看。又添到九十兩上。婆子越發張致起來。說若九十兩到不的。如今提刑張二老爹家。擡的去了。這周忠就惱了。分付李安。把銀子包了。說道。三隻蟾沒處尋。兩脚老婆愁那里尋不出來。這老淫婦連人也不識。你說那張二官府怎的。俺府裡老爺管不着你。不是新娶的小夫人。再三在老爺跟前說念。要娶這婦人。平白出這些銀子要他何用。李安道。勸揹俺兩番三次來回去。賊老淫婦越發鶻哥兒了。拉周忠說管家哥。咱去來。到家回了老爺。好不好。教牢子拏去。拶與他一頓好拶子。這婆子終是貪着陳經濟那口食。由他罵。只是不言語。二人到府中。回禀守備說。已添到九十兩。還不肯。

守備說明日兌與他一百兩拏轎子抬了來罷周忠說爺就添了一百兩王婆子還要五兩媒人錢且丟他兩日他若張致拏到府中且撥與他一頓拶子他纔怕看官聽說大段潘金蓮生有地兒死有處不爭被周忠說這兩句話有分交這婦人從前作過事今朝沒與一齊來有詩為證

人生雖未有前知　禍福因由更問誰
善惡到頭終有報　只爭來早與來遲

按下一頭却說一人單表武松自從西門慶墊發孟州牢城充軍之後多虧小管營施恩看顧次後施恩與蔣門神爭奪快活林酒店被蔣門神打傷央武松出力反打了蔣門神一頓不想蔣門神妹子玉蘭嫁與張都監為妾賺武松去假捏賊情將武

松拷打轉又發安平寨充軍這武松走到飛雲浦又殺了兩個公人復回身殺了張都監蔣門神全家老小逃躲在施恩家施恩寫了一封書皮箱內封了一百兩銀子教武松到安平寨與知寨劉高教看顧他不想路上聽見太子立東宮放郊天大赦武松就遇赦回家到清河縣下了文書依舊在縣當差還做都頭來到家中尋見上隣姚二郎交付蠅兒那時蠅兒已長大十九歲了收攬來家一處居住打聽西門慶已死你嫂子出來了如今還在王婆家早晚嫁人這漢子聽了舊仇在心正是踏破鐵鞋無處覓筭來全不費工夫次日裏幘穿衣逕出門來到王婆門首金蓮正在簾下站着見武松來連忙閃入裡間去武松揪開簾子來問王媽媽在家那婆子正在磨上掃麵連忙出來

應道。是誰叫老身。見是武松。道了萬福。武松深深唱喏。婆子道。
武二哥且喜幾時回家來了。武松道。遇赦回家。昨日纔到。一向
多累媽媽看家。改日相謝。婆子笑嘻嘻道。武二哥。比舊時保養
鬍子楂兒也有了。且是好身量。在外邊又學得這般知禮。一面
上坐。點茶吃了。武松道。我有一庄事和媽媽說。婆子道。有甚事
武二哥只顧說。武松道。我聞的人說。西門慶已是死了。我嫂子
出來。在你老人家這裡居住。敢煩媽媽對嫂子說。他若不嫁人
便罷。若是嫁人。如今蠅兒大了。娶得嫂子家去。看管蠅兒。早晚
招個女婿。一家一計。過日子。庶不教人笑話。婆子初時還不吐
口兒。便道。他是在我這裡。倒不知嫁人不嫁人。次後聽見武松
重謝他。便道。等我慢慢和他說。那婦人便簾內聽見武松言語

要娶他看管蝇兒又見武松在外出落得長大身材胖了比昔時又會說話兒舊心不改心下暗道這段姻緣還落在他家手裡就等不得王婆叫他自已出來向武松道了萬福說道既是叔叔還要奴家去故管蝇兒招女婿成家可知好哩王婆道又一件如今他家大娘子要一百兩雪花銀子纔嫁人武松道如何要這許多王婆道西門大官人當初爲他使了許多就打恁個銀人兒也勾了武松道不打緊我既要請嫂嫂家去就使一百兩也罷另外破五兩銀子謝你老人家這婆子聽見喜歡的屁滾尿流沒口說還是武二哥知禮這幾年江湖上見的事多眞是好漢婦人聽了此言走到屋裡又濃點了一盞瓜仁泡茶雙手遞與武松吃了婆子問道如今他家要發脫的緊又有三

四處官戶人家爭着娶。都回阻了價錢不兌你這銀子。作速些便好。常言先下米先吃飯。千里姻緣着線牽。休要落在別人手內。婦人道。既要娶奴家。叔叔上緊些。武松便道。明日就來兌銀晚夕請嫂嫂過去。那王婆還不信武松有這些銀子。胡亂答應去了。到次日。武松打開皮箱。拏出小管營施恩與知寨劉高那一百兩銀子來。又另外包了五兩碎銀子。走到王婆家。拏天平兌起來。那婆子看見白晃晃擺了一卓銀子。口中不言。心內暗道。雖是陳經濟許下一百兩。上東京去取。不知幾時到來。仰着合着。我見鐘不打。却打鑄鐘。又見五兩謝他。連忙收了。拜了又拜。說道。還是武二哥曉禮。知人甘苦。武松道。媽媽收了銀子。今日就請嫂嫂過門。婆子道。武二哥且是好急性。門背後放花兒你等不。到晚了。也待我往他大娘子那裡交了銀子。纔打發他過去。又道。你今日帽兒光光晚夕做個新郎。那武松緊着。心中不自在。那婆子不知好歹。又徯落他打發武松出門。自巳尋思。他家大娘子。自交我發脫。又沒和我則定價錢。我今胡亂與他一二十兩銀子。滿纂的就是了。綁着鬼。也落他多一半養家。一面把銀鑿下二十兩銀子。往月娘家裡交割明白。月娘問甚麼人家娶了去了。王婆道。兎兒沿山跑。還來歸舊窩。嫁了他小叔還吃舊鍋裡粥去了。月娘聽了。暗中跌脚。常言仇人見仇人。分外眼睛明。與孟玉樓説。往後死在他小叔子手裡罷了。那漢子殺人不斬眼。豈肯干休。不説月娘家中嘆息。却表王婆交了銀子到家。下午時。教王潮先把婦人箱籠卓兒送過去。這武松在家又早收拾停當打下酒肉安排下菜蔬晚上婆子領婦人進門換了孝裁着新鬏髻身穿紅衣服搭着蓋頭進門來見明間內明亮亮點着燈燭武大靈牌供養在上面先自有些疑忌由不的髮似人揪肉如鉤搭進入門來到房中武松分付蠅兒把前門上了拴後門也頂了王婆見了說道武二哥我去罷家裡沒人武松道媽媽請進房裡吃盞酒武松教蠅兒篩菜蔬擺在卓上須臾盪上酒來請婦人和王婆吃酒那武松也不讓把酒斟上一連吃了四五碗酒婆子見他吃得惡便道武二哥老身酒勾了放我去你兩口兒自在吃盞兒罷武松道媽媽且休得胡說我武二有句話問你只聞颼的一聲響向衣底掣出一把二尺長刃薄背厚背扎刀子來一隻手籠着刀靶一隻手按住

掩心便睜圓怪眼倒竪剛鬚便道婆子休得吃驚自古冤有頭
債有主休推睡裡夢裡我哥哥性命都在你身上婆子道武二
哥夜晚了酒醉拏刀弄杖不是耍處武松道婆子休胡說我武
二就死也不怕等我問了這淫婦慢慢來問你這老猪狗若動
一動步兒身上先吃我王七刀子一面回過臉來看着婦人罵
道你這淫婦聽着我的哥哥怎生謀害了從實說來我便饒你
那婦人道叔叔如何冷鍋中豆兒炮好沒道理你哥哥自害心
疼病死了干我甚事說由未了武松把刀子忔楂的插在卓子
上用左手揪住婦人雲髻右手匹胸提住把卓子一脚踢番碟
兒盞兒都落地打得粉碎那婦人能有多大氣脉被這漢子隔
卓子輕輕提將過來拖出外間靈卓子前那婆子見頭勢不好

便去奔前門走前門又上了拴被武松大扠步趕上揪番在地用腰間纏帶觧下來四手四脚綑住如猿猴獻果一般便脫身不得口中只叫都頭不消動意大娘子自做出來不干我事武松道老猪狗我都知了你頼那個你教西門慶那厮墊發我充軍去今日我怎生又回家了西門慶那厮却在那里你不說時先剮了這個淫婦後殺你這老猪狗提起刀來便望那婦人臉上撇兩撇婦人慌忙叫道叔叔且饒放我起來等我說便了武松一提提起那婆娘旋剝淨了跪在靈卓子前武松喝道淫婦快說那婦人諕得魂不附體只得從實招說將那時收簾子打了西門慶起并做衣裳入馬通姦後怎的踢傷了武大心用何下藥王婆怎地教唆下毒撥置燒化又怎的娶到家去一五一

十從頭至尾說了一遍王婆聽見只是暗地叫苦說傻才料你
實說了却教老身怎的支吾這武松一面就靈前一手揪着婦
人一手澆奠了酒把紙錢點着說道哥哥你陰魂不遠今日武
二與你報仇雪恨那婦人見頭勢不好纔待大叫被武松向爐
内撾了一把香灰塞在他口就叫不出來了然後腦揪番在地
那婦人掙扎把鬏髻簪環都滾落了武松恐怕他掙扎先用油
靴只顧踢他肋肢後用兩隻脚踏他兩隻胳膊便道淫婦自說
你伶俐不知你心怎麼生着我試看一看一面用手去攤開他
胸脯說時遲那時快把刀子去婦人白馥馥心窩内只一剜剜
了個血窟窿那鮮血就邈出來那婦人就星眸半閃兩隻脚只
顧登踏武松口噙着刀子雙手去斡開他胸脯撲扢的一聲把

心肝五臟。生扯下來。血瀝瀝。供養在靈前。後方一刀。割下頭來。血流滿地。蠅兒小女在旁看見。諕的只掩了臉。武松這漢子。端的好狠也。可憐這婦。正是三寸氣在千般用。一日無常萬事休。亡年三十二歲。但見手到處青春喪命。刀落時。紅粉亡身。七魄悠悠。已赴森羅殿上。三魂渺渺。應歸枉死城中。星眸緊閉。直挺挺。屍橫光地下。銀牙半咬。血淋淋。頭在一邊離。好似初春大雪壓折金線柳。臘月狂風。吹折玉梅花。這婦人嬌媚不知歸何處。芳魂今夜落誰家。古人有詩一首。單悼金蓮。死的好苦也。

堪悼金蓮誠可憐　衣服脫去跪靈前
誰知武二持刀殺　只道西門綁腿頑
往事堪嗟一場夢　今身不值半文錢

世間一命還一命　報應分明在眼前

當下武松殺了婦人。那婆子看見。大叫殺人了。武松聽見他叫。向前一刀。也割下頭來。拖過屍首。一邊將婦人心肝五臟。用刀插在樓後房簷下。那時也有初更時分。倒扣蠅兒在屋裏。蠅兒道。叔叔我也害怕。武松道。孩兒我顧不得你了。武松跳過王婆家來。還要殺他兒子王潮兒。不想王潮合當不該死。聽見他娘這邊叫。就知武松行兇。推前門不開。叫後門也不應。慌的走去街上叫保甲。那兩隣明知武松兇惡。誰敢向前。武松跳過墻來。到王婆房內。只見點着燈。房內一人也沒有。一面打開王婆箱籠。就把他衣服撒了一地。那一百兩銀子。止交與吳月娘二十兩。還剩了八十五兩。并些釵環首飾。武松一股皆休。都包裹了

提了朴刀。越後墻赶五更、挨出城門。投十字坡。張青夫婦那里躲住。做了頭陀。上梁山爲盜去了。正是

平生不作皺眉事　世上應無切齒人

畢竟未知後來如何。且聽下回分解。

第八十八回　陳敬濟感舊祭金蓮

聯經出版事業公司景印版

龐大姐埋屍托張勝

第八十八回

潘金蓮托夢守禦府　吳月娘布福募緣僧

上臨之以天鑒　下察之以地祇
明有王法相制　暗有鬼神相隨
忠直可存於心　喜怒戒之在氣
為不節而忘家　因不廉而失位
勸君自警平生　可笑可驚可畏

話說武松。殺了婦人王婆。劫去財物。逃上梁山為盜去了。却表王潮兒。去街上叫保甲。見武松家。前後門都不開。又王婆家。被劫去財物。房中衣服。丟的地下。橫三豎四。就知是武松殺死二命。劫取財物而去。未免打開前後門。見血瀝瀝。兩個死屍。倒在地下。婦人心肝五臟。用刀插在後樓房簷下。迎兒倒扣在房中。
問其故。只是哭泣。次日早衙。呈報到本縣。殺人兇刃。都拿放在
面前。本縣新任知縣。也姓李。雙名昌期。乃河北真定府。棗强縣
人氏。聽見殺人公事。即委差當該吏典。拘集兩隣保甲。并兩家
苦主。王潮兒。跟同招出。當街如法檢驗。生前委被武松因忿
帶酒。殺潘氏王婆二命。叠成文案。就委地方保甲。瘞埋看守。掛
出榜文。四廂差人跟尋。訪拿正犯武松。有人首告者。官給賞銀
五十兩。守備府中。張勝李安。打着一百兩銀子。到王婆家。看見
王婆婦人。俱已被武松殺死。縣中差人檢屍。捉拿兇犯。二人回
報到府中。春梅聽見婦人死了。整哭了兩三日。茶飯都不吃。慌
了守備。使人門前叫了調百戲的貨郎兒進去。要與他觀看。只

是不喜歡。日逐使張勝李安。打聽拿住武松正犯。告報府中知道。不在話下。按下一頭。却表陳經濟。前往東京取銀子。一心要贖金蓮。成其夫婦。不想走到半路。撞見家人陳定。從東京來告說。家爺病重之事。奶奶使我來請大叔往家去。囑托後事。這經濟。一聞其言。兩程做一程。路上儹行。有日到東京。他姑夫張世廉家。張世廉已死。止有姑娘見在。他父親陳洪已是沒了三日光景。滿家帶孝。經濟叅見他父親靈座。與他母親張氏并姑娘磕頭。張氏見他長成人。母子哭做一處。通同商議。如今一則以喜。一則以憂。經濟便道。如何是喜。如何是憂。張氏道。喜者。如今且喜朝廷冊立東宮。郊天大赦。憂則不想你爹爹得病。死在這里。你姑夫又沒了。姑娘守寡。這里住着。不是常法。方使陳定叫將你來和你打發你爹爹靈柩回去葬埋鄉井也是好處這經濟聽了心內暗道這一會發送裝載靈柩家小粗重上車少說也得許多日期耽閣。卻不悞了娶六姐。不如此這般先誆了兩車細軟箱籠家去。待娶了六姐。再來搬取靈柩不遲。一面對張氏說道。如今隨路盜賊十分難走。假如靈柩家小箱籠。一同起身。若說數輛車馱。未免起眼。倘遇小嘍囉怎了。寧可耽遲不耽錯。我先押兩車細軟箱籠家去。收拾房屋。毋親後和陳定家眷。跟父親靈柩。過年正月間起身回家。寄在城外寺院。然後做齋念經。入坟安葬。也是不遲。張氏終是婦人家。不合一時聽信經濟巧言念轉。先打點細軟箱籠。裝載兩大車。上插旗號。扮做香車。從臘月初一日東京起身。不上數日。到了山東清河縣。家門

首。對他母舅張團練說。父親已死。母親押靈車不久就到我押
了兩車行李。先來收拾。打掃房屋。他母舅聽說。既然如此。我須
搬回家便了。一面就令家人搬家活。騰出房子來。這經濟見母
舅搬去。滿心歡喜說。且得冤家離眼前。落得我要六姐來家。自
在受用。我父親已死。我娘又疼我。先休了那個淫婦。然後一紙
狀子。把俺丈母告到官。追要我寄放東西。又敢道個不字。又挾
制俺家充軍人數不成。正是人莫如此如此。天理不然不然。這
經濟。早攛掇他母舅出來。然後打了一伯兩銀子在腰裡。另外
又袖着十兩謝王婆。來到紫石街王婆門首。可霎作怪。只見門
前街旁。埋着兩個尸首。上面兩桿鎗交叉。上面挑着個燈籠。門
首掛着一張手榜。上書本縣爲人命事凶犯武松。殺死潘氏王

婆二命。有人捕獲首告官司者。官給賞銀五十兩。這經濟仰頭還大看了。只見從窩鋪中。鑽出兩個人來。唱聲道甚麽人看此榜文做甚。見今正身兇犯。捉拿不着。你是何人。大叔步便來捉獲。這經濟慌的奔走不迭。恰然走到石橋下酒樓邊。只見一個人。頭戴萬字巾。身穿青衲襖。隨後趕到橋下。說道哥哥。你好大胆。平白在此看他怎的。這經濟扭回頭看時。却是一個識熟朋友。鉄指甲楊二郎。二人聲喏。楊二道。哥哥一向不見。那里去來。經濟便把東京父死往回之事。告說一遍。恰才這殺死婦人。是我丈人的小潘氏。不知他被人殺了。適纔見了榜文。方知其故。楊二郎告道。是他小叔武松。充配在外。遇赦回還。不知因甚殺了婦人。連王婆子也不饒。他家還有個女孩兒。在我姑夫姚二郎家。養活了三四年。昨日他叔叔殺了人。走的不知下落。我姑夫將此女縣中領出。嫁與人爲妻小去了。見今這兩差屍首。日久只顧埋着。只是苦了地方保甲看守。更不知何年月日。纔拿住兇犯武松。說畢。楊二郎招了經濟上酒樓飲酒。與哥哥拂塵這經濟見那人已死。心中轉痛不下。那里吃得下酒。約莫飲勾三盃。就起身下樓作別來家。到晚夕。買了一陌錢帋在紫石街。離王婆門首。遠遠的石橋邊。題着婦人潘六姐。我小兄弟陳經濟。今日替你燒陌錢帋。皆因我來遲了一步。悮了你性命。你活時爲人。死後爲神。早保佑捉獲住仇人武松。替你報仇雪恨。我在法場上。看着剮他。方趂我平生之志。說畢哭泣。燒化了錢帋經濟回家。閉了門戶走歸房中。恰纔睡着。似睡不睡。夢見金蓮身穿素服。一身帶血。向經濟哭道。我的哥哥。我死的好苦也。實指望與你相處在一處。不期等你不來。被武松那厮害了性命。如今陰司不收。我白日遊遊蕩蕩。夜歸向各處尋討漿水。適間蒙你送了一陌錢帋與我。但只是仇人未獲。我的屍首埋在當街。你可念舊日之情。買具棺材盛了葬埋。免得日久暴露。經濟哭道。我的姐姐。我可知要葬埋你。但恐西門慶家中。我丈母那無仁義的淫婦知道。他自恁賴我。倒趂了他机會。姐姐。你須往守備府中。對春梅說知。教他葬埋我身屍便了。婦人道。剛纔奴到守備府中。又被那門神戶尉攔擋不放。奴須慢再哀告他則個。經濟哭着。還要拉着他說話。被他身上一陣血腥氣。撇手掙脫。却是南柯一夢。枕上聽那更鼓時。正打三更二點。說道怪哉我剛纔分明夢見六姐。向我訴告衷腸。教我葬埋之意。又不知甚年何日。拿住武松。是好傷感人也。正是夢中無限傷心事。獨坐空房哭到明。不說經濟這里也打聽武松不題。却表縣中訪拿武松。約兩個月有餘。捕護不着。已知逃遁梁山爲盜。地方保甲隣佑。呈報到官。所有兩座屍首。相應責令家屬領埋。王婆屍首。便有他兒子王潮。領的埋葬。止有婦人身屍。無人來領。却說府中春梅。兩三日一遍。使張勝李安來縣中打聽。回去。只說兇犯還未拿住。屍首照舊埋瘞。地方看守。無人敢動。直挨過年正月初旬時節。忽一日晚間。春梅作一夢。恍恍惚惚。夢見金蓮雲髻蓬鬆。渾身是血。叫道。龐大姐。我的好姐姐。奴死的好苦也。好容易來見你一面。又被門神把住。嗔喝不敢進來。今仇人武松已是逃走脫了。所有奴的屍首。在街暴露日久。風吹雨灑。雞犬作踐。無人領埋。奴舉眼無親。你若念舊日母子之情。買具棺木把奴埋在一個去處。奴死在陰司。口眼皆閉。說畢。大哭不止。春梅扯住他。還要再問他別的話。被他睜開。撒手驚覺。却是南柯一夢。從睡夢中直哭醒來。心內猶疑不定。次日叫進張勝。李安分付你二人去縣前打聽。那埋的婦人婆子屍首。還有無有。張勝。李安應諾去了。不多時。走來回報。正犯兒身已逃走脫了。所有殺死身屍地方看守。日久不便。相應責令各人家屬領埋。那婆子屍首。他兒子招領的去了。還有那婦人。無人來領。還埋在街心。春梅道。既然如此。我有庄事兒。累你二人。替我幹得來。我還重賞你。二人跪下。小夫人說那里話。若肯在老爺前抬舉小人一二。只消受不了。雖赴湯跳火。敢說不去。春梅走到房中。拿出十兩銀子。兩疋大布。委付二人。這死的婦人。是我一個嫡親姐姐。嫁在西門慶家。今日出來。被人殺死。你二人休教你老爺知道。拿這銀子替我買一具棺材。把他裝殮了。抬出城外。擇方便地方。埋葬停當。我還重賞你。二人道。這個不打緊。小人就去。李安說。只怕縣中不教你我領屍怎了。須拿老爺個帖兒。下到縣官纔好。張勝道。只說小夫人是他妹子。嫁在府中。那縣官不敢不依。何消帖子。於是領了銀子。來到班房內。張勝便向李安說。想必這死的婦人。與小夫人。曾在西門慶家做一處。相結的好。今日方這等爲他費心。相着死了時。整哭了三四日不吃飯直教老爺門前。叫了調百戲貨郎兒。調與他觀看。還不喜權。今日他無親人領去。小夫人豈肯不葬埋他。咱毋若替他幹得此事停當。早晚他在老爺跟前。只方便你我。就是一點福星。見今老爺百依百隨。聽他說話。正經大奶奶。二奶奶。且打靠他說畢。二人拿銀子到縣前。遞了領狀。就說他妹子在老爺府中。來領屍首。使了六兩銀子。合了一具棺木。把婦人屍首撇出。把心肝塡在肚內。頭用線縫上。用布裝殮停當。裝入材內。張勝說。就埋在老爺香火院。城南永福寺里。那里有空閑地。葬埋了。回小夫人話去。叫了兩名伴當。抬到永福寺。對長老說。宅內小夫人親長老不敢怠慢。就在寺後。揀一塊空心白楊樹下。那里葬埋巳畢。走來宅內回春梅話。說除買棺材裝殮。還剩四兩銀子。交割明白。春梅分付。多有起動你二人。將這四兩銀子。拿二兩與長老道堅。教他早晚替他念些經懺。超度他生天。又拿出一大瓶酒。一腿猪肉。一腿羊肉。這二兩銀子。你每人將一兩家中盤纏。二人跪下。那里敢接。只說小夫人。若肯在老爺面前抬舉小人。消受不了。這些小勞。豈敢接受銀兩。春梅道我賞你不收。我就惱了。二人只得磕頭領了出來。兩個班房吃酒。甚是稱念小夫人好處。次日張勝送銀子與長老念經。春梅又與五錢銀子。買紙與金蓮燒。俱不在話下。却說陳定從東京載靈柩家眷。到清河縣城外。把靈柩寄在永福寺。待的念經發送歸葬墳內。經濟在家聽見毋親張氏家小車輛到了。父親靈柩寄停在城外永福寺收卸行李已畢。與張氏磕了頭。張氏怪他就不去接我一接。經濟只說心中不快。家里無人看守。張氏便問你舅舅怎的不見。經濟道。他見母親到了。連忙搬回家去了。張氏道。且教你舅舅住着。慌搬去怎的。一面他母舅張團練來看他姐姐。姊妹抱頭而哭。置酒敘話。不必細說。次日他娘張氏早使經濟拿五兩銀子。幾陌金銀錢帋。往門外與長老替他父親念經。正騎頭口街上走。忽撞遇他兩個朋友。陸大郎。楊大郎。下頭口聲喏。二人問道。哥哥往那里去。經濟悉言先父靈柩。寄在門外寺里。明日廿日是終七。家母使我。送銀子與長老做齋念經。二人道。兄弟。不知老父靈柩到了。有失弔問。因問幾時發引安葬。經濟道。也只在一二日之間。念畢經。入墳安葬。說罷。二人舉手作別。這經濟又叫住。因問楊大郎。縣前我丈人的小。那潘氏屍首怎不見。被甚人領的去了。楊大郎便道。半月前。地方因捉不着武松。

稟了本縣相公令各家領去葬埋王婆是他兒子領去止有婦人屍首丢了三四日被守備府中買了一口棺木差人抬出城外永福寺那里葬去了經濟聽了就知是春梅在府中收葬了他屍首因問二郎城外有幾個永福寺二郎道本自南門外只一個永福寺是周秀老爺香火院那里有幾個永福寺來經濟聽了暗喜就是這個永福寺也是緣法湊巧喜得六姐亦葬在此處一面作別二人打頭口出城逕到永福寺中見了長老且不說念經之事就先問長老道堅此處有守備府中新近葬的一個婦人在那里長老道就在寺後白楊樹下說是宅內小夫人的姐姐這陳經濟且不叅見他父親靈柩先拿錢帋祭物到於金蓮墓上與他祭了燒化錢帋哭道我的六姐你兄弟陳經

濟敬來與你燒一陌錢帋。你好處安身。苦處用錢。祭畢。然後輪到方丈內。他父親靈柩跟前。燒帋祭祀。遞與長老經錢。教他二十日。請八衆禪僧。念斷七經。長老接了經襯。備辦齋供。經濟來家。回了張氏話。二十日。都去寺中拈香。擇吉發引。把父親靈柩。歸到祖塋。安葬已畢來家。母子過日不題。却表吳月娘一日二月初旬。天氣融和。孟玉樓。孫雪娥。西門大姐。小玉出來大門首站立。觀看來往車馬。人烟熱鬧。忽見一簇男女。跟着個和尚。生的十分胖大。頭頂三尊銅佛。身上搭着數枝燈樹。杏黃袈裟。風兜袖。赤脚。行來泥沒踝。自言說是五臺山。戒壇上下來的行脚僧。雲遊到此。要化錢糧。蓋造佛殿。當時古人。有幾句讚的這行脚僧好處。

打坐參禪。講經說法。鋪眉苫眼。習成佛祖家風。賴教求食立
起法門規矩。白日裏賣杖搖鈴。黑夜間舞鎗弄棒。有時門首
磕光頭。餓了街前打响嘴。空色色空誰見衆生離下土。去來
來去。何曾接引到西方。

那和尚見月娘衆婦女在門首。向前道了箇問訊。說道。在家老
菩薩施主。既生在深宅大院。都是龍華一會上人。貧僧是五臺
山下來的。結化善緣。蓋造十王功德。三寶佛殿。仰賴十方施主
菩薩。廣種福田。捨資財共成勝事。修來生功果。貧僧只是挑脚
漢。月娘聽了他這般言語。便喚小玉。往房中取一頂僧帽。一雙
僧鞋。一弔銅錢。一斗白米。原來月娘平昔好齋僧布施。常時閒
中。發心做下僧帽僧鞋。預備布施。這小玉取出來。月娘分付你

叫那師父近前來。布施與他。這小王故做嬌態高聲叫道。那變驢的和尚。還不過來。俺奶奶布施與你這許多東西還不磕頭哩。月娘便罵道。怪墮業的小臭肉兒。一個僧家。是佛家弟子。你有要沒緊。恁謗他怎的。不當家化化的。你這小淫婦兒。到明日不知墮多少罪業。小玉笑道。奶奶。這賊和尚我叫他他怎的把那一雙賊眼。眼上眼下打量我。那和尚雙手接了鞋帽錢米。打問訊說道。多謝施主老菩薩布施布施。小玉道。這禿廝好無禮這些人跕着。只打兩個問訊兒。就不與我打一個兒。月娘道。小肉兒。還恁說白道黑。他一個佛家之子。你也消受不的他這個問訊。小玉道。奶奶。他是佛爺兒子。誰是佛爺女兒。月娘道。相這比丘尼姑僧。是佛的女兒。小玉道。譬若說相薛姑子。王姑子。大師父都是佛爺女兒誰是佛爺女婿月娘忍不住笑罵道這賊小淫婦兒學的油嘴滑舌見見就說下道兒去了小玉道奶奶只罵我本等這禿和尚賊眉竪眼的只看我孟玉樓道他看你想必認得的要度脫你去小玉道他若度我我就去說着衆婦女笑了一回月娘喝道你這小淫婦兒專一毀僧謗佛那和尚得了布施頂着三尊佛揚長去了小玉道奶奶還嗔我罵他你看這賊禿臨去還看了我一眼纔去了有詩單道月娘修善施僧好處

守寡看經歲月深　私邪空色久違心
奴身好似天邊月　不許浮雲半點侵

月娘衆人正在門首說話忽見薛嫂兒提着花箱兒從街上過

來見月娘衆人道了萬福月娘問你往那里去來怎的影跡兒不來我這里走走薛嫂兒道不知我終日窮忙的是些甚麼這兩日大街上掌刑張二老爹家與他兒子娶親和北邊徐公公做親娶了他姪兒也是我和文嫂兒說的親事昨日三日擺大酒席忙的連守備府里咱家小大姐那里叫我也沒去不知怎麼惱我哩月娘問道你如今往那里去薛嫂道我有庄事敬來和你老人家說來月娘道你有話進來說一面讓薛嫂兒到後邊上房里坐下吃了茶薛嫂道你老人家還不知道你陳親家從去年在東京得病沒了親家母叫了姐夫去搬取家小靈柩從正月來家已是念經發送墳上安葬畢我只說你老人家這邊知道怎不去燒張紙兒探望探望月娘道你不來說俺這里

怎得曉的又無人打聽倒自知道潘家的吃他小叔兒殺了和王婆子都埋在一處却不知如今怎樣了薛嫂兒道自古生有地兒死有處五娘他老人家不因那些事出去了却不好來平日不守本分幹出醜事來出去了若在咱家里他小叔兒怎得殺了他還是他有頭債有主倒還虧了咱家小大姐春梅越不過娘兒們情腸差人買了口棺材領了他屍首葬埋了不然只顧暴露着又拿不着小叔子誰去管他孫雪娥在旁說春梅賣在守備府里多少時兒就這等大了手里拿出銀子替他買棺材埋葬那守備也不嗔當他甚麼人薛嫂道耶嚛你還不知守備好不喜他每日只在他房里歇卧說一句依十句一娶了他生的好模樣兒乖覺伶俐就與他西廂房三間房住撥了個使

女伏侍他。老爺一連在他房里歇了三夜。替他裁四季衣服上
頭三日吃酒。賞了我一兩銀子。一疋段子。他大奶奶五十歲雙
目不明。吃長齋不管事。東廂孫二娘。生了小姐。雖故當家𢭃着
個孩子。如今大小庫房鑰匙。倒都是他拿着。守備好不聽他說
話哩。且說銀子。手里拿不出來幾句說的月娘雪娥都不言了
坐了一回。薛嫂起身。月娘分付。你明日來我這里備一張祭桌。
一疋尺頭。一分冥帋。你來送大姐與他公公燒帋去。薛嫂兒道。
你老人家不去。月娘道。你只說我心中不好。改日望親家去罷。
那薛嫂約定。你教大姐收拾下等着我。飯罷時候。月娘道。你如
今到那里去。守備府中。不去也罷。薛嫂道。不去。就惹他怪死了。
他使小伴當叫了我好幾遍了。月娘道。他叫你做甚麼。薛嫂道

奶奶你不知他。如今有了四五個月身孕了。老爺好不喜歡。叫了我去已定賞我。提着花箱作辭去了。雪娥便說老淫婦說沒個行款兒。他賣守備家多少時。就有了半肚孩子。那守備身邊少說也有幾房頭。莫就興起他來。這等大道月娘道他還有正景大奶奶。房里還有一個生小姐的娘子兒哩。雪娥道可又來。到底還是媒人嘴。一尺水十丈波的。不因今日雪娥說話。正是從天降下鈎和線。就地引起是非來。有詩爲証。

曾記當年侍主傍　誰知今日變風光
世間萬事皆前定　莫笑浮生空自作

畢竟未知後來如何。且聽下回分解。